# BURQA DE CHAIR

*NELLY ARCAN*

# BURQA
# DE CHAIR

*Préface de Nancy Huston*

*ÉDITIONS DU SEUIL*
*25, bd Romain-Rolland, Paris XIVᵉ*

ISBN 978-2-02-102882-9

www.seuil.com

à ce moment-là,
j'étais mort.

Je me sentais ridiculisée, humiliée
Je ne voulais pas les regarder

j'ai regardé dans le vide.
j'ai regardé dans mon miroir / ma glace
et je l'y a vue
Anne. avec ses croûtes,
ses yeux blessés

Que le phénomène sociétal
de prostitution mérite être
étudié avec
sans ricanes

Ils ne voulaient pas
me prendre aux yeux

Ils voulaient pénétrer
mon corps (chair) avec leurs
yeux, leurs blagues,
leurs mots          émeute


la lucidité et
logique ils n considère
qu'ils aient eu le droit
de

J'avais imaginé que je

serais capable de les convaincre mes enquêtes
que mes expériences mes études mes écritures
avaient de valeur positive pour informer
n-tre société que mon armure

pourrait me protéger
mon armure que consisterait
de mon beauté - ma peau
blanche et saynante - mes beaux yeux
bleu qui pétillaient avec        et surtout mon intelligence
ma charme                              je me suis trompée
Sur ce plateau J'ai appris que

mon armure n'était pas
efficace.   Mon être avait été percé/percer
par leur blagues indécentes
leur   j'ai tombé sur le croix d'émeute sur ce plateau
gradualement                         j'ai saigné
mes frères   quelle

balls
nerve tupet
cheek aplomb
audace
assurance effrontée

ass

on that point
about that / on there
with that

stériliser, purifier Javel? d'eau de Javel blanchir
solution utilisé pour désinfecter, blanchir = bleach
et décoloriser l'eau de Javel =
solution aqueuse d'hypochlorite et de
chlorure de sodium ou de potassium

## Arcan, philosophe 2009

rub the right way

anyway

Quand paraît en 2001 son premier livre *Putain*, Nelly
Arcan est une belle jeune femme. Elle sera lue, photo-
graphiée, filmée, interviewée, jamais tout à fait prise
au sérieux, admirée pour son culot et pour son cul, et
Dieu sait qu'elle jouera sur l'ambiguïté, difficile pour
une jolie jeune femme de ne pas jouer là-dessus, difficile, oui, même en étant, comme elle, d'une lucidité
javellisante, d'avoir les idées parfaitement claires alors
que des journalistes vous filment et vous flattent, vous
tirent dans tous les sens, vous caressent l'ego dans
le sens du poil et le poil dans le sens de l'ego, difficile de savoir comment se tenir, comment regarder
la caméra, alors qu'on veut plaire, et vendre, c'est-à-
dire se vendre, toujours, le désir vient jeter du trouble,
toujours... mais bon.

\*

\* \*

Nelly Arcan a choisi de mourir en septembre 2009,
à l'âge de trente-quatre ans.

On peut le dire autrement : Isabelle Fortier a choisi
de mourir en septembre 2009, à l'âge de trente-six ans.

D'emblée le dédoublement, la duplicité, le mensonge, le masque, le déguisement. D'emblée le théâtre, le jeu, et le risque de se perdre dans la multiplication des identités.

\*

\*    \*

Le corps de Nelly Arcan disparu, demeure son *corpus* : quatre livres en tout et pour tout, avant le présent et posthume volume : *Putain*, 2001, *Folle*, 2004, *À ciel ouvert*, 2007 (tous au Seuil), et enfin, paru aux éditions Coups de tête en novembre 2009, donc déjà de façon posthume : *Paradis clef en main*. Style unique, immédiatement reconnaissable, lapidaire, désopilant, cruel, décapant, dont le vocabulaire a la précision d'un scalpel et la syntaxe la souplesse d'un saut à l'élastique : phrases à relance dont l'énergie se renouvelle de clause en clause, indéfiniment. Et moi qui l'ai sous-estimée, mésestimée, moi qui regrette d'être passée à côté de cette femme de son vivant, de ne pas l'avoir lue avant sa mort, moi qui en veux, aussi, un peu, à la presse, de ne pas avoir signalé avec suffisamment d'insistance que c'était un auteur étonnant, brillant, original, surdoué (je m'aperçois que, pour vous en convaincre, je m'abstiens d'ajouter des *e* muets à cet article et à ce substantif et à ces adjectifs, car ce rajout les diminuerait, n'est-ce pas, c'est bien connu, on en a l'habitude), j'estime maintenant que la lecture de ses livres devrait être obligatoire dans tous les lycées et universités du monde occidental.

En quelle matière ? En philosophie.

\*

\*  \*

La philosophie occidentale, comme chacun sait, est *dualiste*. Dualiste ne veut pas dire qu'elle divise le monde en deux : bons et méchants, ou noir et blanc (encore que ce soit souvent le cas !) ; cela veut dire qu'elle décrète une différence de nature, radicale et irrémédiable, entre l'esprit et le corps. Or le dualisme est également l'une des constantes de ce que je nomme la *pornégraphie,* l'écriture des prostituées (par opposition à la *pornographie,* qui est l'écriture *sur* les prostituées). Impossible de lire un texte écrit par une pute ou une star du porno sans tomber sur au moins une allusion à cette scission. Je laisse mon corps à l'autre, pas de problème ; moi, je suis ailleurs. « Ma tête, écrit Arcan, se tient aussi loin que possible de cette rencontre qui ne la concerne pas... »

À vrai dire, toute enfant de sexe féminin découvre le dualisme dès son plus jeune âge, pour la simple raison que son corps est tôt constitué en objet du *regard* (y compris, grâce aux miroirs, du sien). Elle vit ce corps comme une « chose » qui n'est pas la même chose qu'elle. Le paradoxe est que, plus elle grandit, plus les autres la traitent comme si elle n'était *que* cette « chose »-là. De son enfance, Nelly Arcan dit : « Je ne m'en souviens presque plus mais j'étais déjà une poupée susceptible d'être décoiffée, on commençait déjà à pointer du doigt ce qui faisait saillie (...), et déjà ce n'était pas tout à fait moi qu'on pointait ainsi, c'était le néant de ce qui

11

empoussiérait ma personne, poussière de rien qui a fini par prendre toute la place. » Tout le soi est corps. Arrivée à l'adolescence, elle est forcée d'en convenir. L'esprit lui-même est matière. Le miroir donne à la jeune fille sa première leçon de matérialisme : « C'est une fois devenue grande que les miroirs me sont arrivés en pleine face et que devant eux je me suis stationnée des heures durant, m'épluchant jusqu'à ce qu'apparaisse une charcuterie tellement creusée qu'elle en perdait son nom. À force de se regarder on finit par voir son intérieur et il serait bien que tout le monde puisse le voir, son intérieur, son moi profond, sa véritable nature, on arrêterait peut-être de parler de son âme (…), on cesserait peut-être de se croire immortel. »

\*

\*   \*

À la télévision, au cinéma, sur le Net, les abribus, les murs des villes, les couvertures de magazines masculins et à chaque page des féminins, les femmes sont bombardées d'images de femmes jeunes et jolies et séduisantes et séductrices. Elles s'inquiètent. Suis-je la plus belle ? Chacune, chacune. Arcan parle « des images comme des cages, dans un monde où les femmes, de plus en plus nues, de plus en plus photographiées, qui se recouvraient de mensonges, devaient se donner des moyens de plus en plus fantastiques de temps et d'argent, des moyens de douleurs, moyens techniques, médicaux, pour se masquer, substituer à leur corps un uniforme voulu infaillible, imperméable ». Dans certaines régions du monde, on recouvre les filles d'un voile quand elles deviennent nubiles, et le problème est réglé. Chez nous, il ne se règle jamais. Les femmes occidentales se recouvrent, dit Nelly Arcan, d'une « *burqa de chair* ». Dans son troisième livre, *À ciel ouvert*, elle imagine un film documentaire qui porterait ce titre. « Il pourrait raconter l'histoire de femmes qui enterrent leur corps sous l'acharnement esthétique. »

Hantise du vieillissement. Ne pas changer, se dit la fillette. Rester à jamais une petite fille. Celle que papa aimait. Celle qui fait bander papa quand il va chez les putes. Papa veut que je reste jeune jeune jeune jeune et jolie. Il ne veut plus coucher avec son épouse une fois qu'elle est devenue mère, une fois qu'elle a dépassé les trente ans. La bandaison de papa, ça ne se commande pas. Il ne peut pas aimer une femme qui vieillit. Qui flapit. Qui glapit. Comme ma mère. Horreur. Dès que j'arrive à trente ans, je me tuerai. Je ne deviendrai jamais comme ma mère. Meilleure façon de ne pas devenir comme ma mère : devenir putain.

Les deux espèces de femmes, Nelly Arcan les appellera non la maman et la putain mais la larve et la schtroumpfette. Peu importe le nom : toujours, les femmes sont dédoublées, scindées, schizoïdes, tandis que l'homme reste un.

\*
\*   \*

La jeune femme quitte sa province et arrive dans la grande ville, s'inscrit à l'université et, tout en poursuivant des études universitaires en psychologie et en littérature, devient escorte en appartement. Cette jeune femme ne s'appelle pas encore Nelly Arcan, elle s'appelle encore, comme dans l'enfance, Isabelle Fortier. Nombreuses sont les femmes qui changent de nom pour se prostituer, elle non. C'est pour publier des livres que, plus tard, elle changera de nom. Deux façons d'être une femme publique.

La jeune femme veut comprendre *cela*. Parce que *cela* existe, et qu'elle trouve *cela* incroyable. Alors elle y va. Sans fermer les yeux. Gardant en éveil, dans la chambre où elle reçoit ses clients, la même intelligence dont elle se sert pour rédiger sa thèse. La même.

La voilà dans les bras d'hommes inconnus, hommes d'affaires pour la plupart, jour après jour. « On me voit sans doute comme on voit une femme, au sens fort, avec des seins présents, des courbes et un talent pour baisser les yeux, mais une femme n'est jamais une femme que comparée à une autre, une femme parmi d'autres, c'est donc toute une armée de femmes qu'ils baisent lorsqu'ils me baisent, c'est dans cet étalage de femmes que je me perds, que je trouve ma place de femme perdue. »

Presque tous ses clients sont mariés et pères de famille. Très souvent, ils ont une fille du même âge qu'elle. Comme elle est philosophe et qu'elle désire comprendre cc qui se passe, elle leur pose des questions. « Lorsqu'ils me confient d'un air triste qu'ils ne voudraient pas que leur fille fasse un tel métier, qu'au grand jamais ils ne voudraient qu'elle soit putain, parce qu'il n'y a pas de quoi être fier pourraient-ils dire s'ils ne se taisaient pas toujours à ce moment, il faudrait leur arracher les yeux, leur briser les os comme on pourrait briser les miens d'un moment à l'autre, mais qui croyez-vous que je sois, je suis la fille d'un père comme n'importe quel père, et que faites-vous ici dans cette chambre à me jeter du sperme au visage alors que vous ne voudriez pas que votre fille en reçoive à son tour, alors que devant elle vous parlez votre sale discours d'homme d'affaires (...). »

Les mêmes hommes, académiciens ou députés, qui trouveraient anormal qu'en les rencontrant pour la première fois on leur fasse la bise plutôt que de leur serrer la main trouvent normal, sous prétexte qu'ils l'ont payée, de sodomiser une femme dont ils viennent de faire la connaissance, ou d'éjaculer sur son visage, ou de lui demander de les fouetter, etc. Isabelle Fortier ne trouve pas cela normal, elle le trouve incroyable.

Aussi incroyable la millième fois que la première.

« Il suffit de quelques jours, écrit Nelly Arcan, (...) de deux ou trois clients pour comprendre que voilà, c'est fini, que la vie ne sera plus jamais ce qu'elle était (...). »

*

\* \*

Filles de joie ? Certainement pas. Même quand leur survie physique n'est pas menacée, les femmes qui exercent ce métier côtoient au jour le jour, non la joie mais la mort. « Pour moi, écrit Arcan, les putes comme les filles du Net étaient condamnées à se tuer de leurs propres mains en vertu d'une dépense trop rapide de leur énergie vitale dans les années de jeunesse.»

Arcan parle presque à chaque page de son désir, son intention, son projet de mourir. «Ce n'est pas que l'argent ne fasse pas le bonheur, précise-t-elle avec son humour noir inimitable, plutôt qu'il existe une limite au confort et à l'aisance matérielle qu'on peut s'offrir dans la mort», «(...) huit clients différents, après huit c'est entendu, je peux m'en aller, et m'en aller où pensez-vous, chez moi, eh bien non car ne je veux pas rentrer chez moi, je veux seulement mourir au plus vite»...

On discute beaucoup, ces derniers temps, et même parfois en haut lieu, des suicides et tentatives de suicide chez les détenus. Ils sont fréquents chez les prosti-tuées aussi, mais qui s'en souçie? Encore de nos jours: admiration secrète pour les caïds et, pour les putes, mépris, indifférence.

*
*   *

De quelle école philosophique relève la pensée de Nelly Arcan? La réponse est simple: de l'école nihi-liste. Dans les derniers mois de sa vie elle a essayé de la quitter, cette école; mais en fin de compte cela ne lui a pas été possible.

Exacerbant le dualisme, les nihilistes dévaluent défi-nitivement l'existence charnelle. Puisque nous sommes des corps et devons mourir, disent-ils, toute tentative pour inventer un sens à la vie est vouée à l'échec. Mieux vaudrait ne jamais être né. C'est la vie qui – bêtement, aveuglément – veut vivre, pas moi, disent-ils avec Arthur Schopenhauer.

Les écrits d'Arcan contiennent de nombreuses envolées schopenhaueriennes. Ce passage de *Putain*, par exemple, ne détonnerait pas dans l'*opus magnum* du grand philosophe, *Le Monde comme volonté et comme représentation* (même si, à mon humble avis, Arcan emploie pour dire les mêmes choses un style plus palpitant que Schopenhauer): « Ce n'est pas facile d'admettre que si la vie continue, ce n'est pas par choix mais parce qu'on ne peut rien contre sa force organique qui se fraye un chemin en dehors de la volonté humaine, en dehors des injustices commises sur les plus petits comme les enfants pauvres dressés en soldats pour remplacer d'autres soldats dans des pays où tous les hommes sont déjà morts. Ce n'est pas facile d'admettre que la vie se sert des affamés et des malades pour grandir encore sous la forme de sacs de blé lancés depuis des avions, qu'elle se sert aussi des croisements de races bovines dans les laboratoires et des antidépresseurs qui forcent le mouvement dans les esprits fatigués. De cette vie qui se perd dans la nuit des temps et qui aura raison de tout, qui rejaillira du pire pour s'imposer à nouveau et reprendre du début toutes les erreurs du passé, je n'en veux plus... Quand je pense qu'on applaudit le courage des rescapés alors que c'est la vie qui les traîne derrière elle! »

La philosophie nihiliste est un discours de la solitude et de l'immobilité, formulé dans l'abstrait, de loin, de haut, très au-dessus des petites affaires humaines. C'est un discours hors temps et hors récit. Le récit

– c'est-à-dire le fait de lier les événements et les êtres les uns aux autres en une *histoire* – est la seule chose qui donne sens à l'existence humaine. Les récits créent et renforcent les liens, non seulement en amont avec nos parents et en aval avec nos enfants, mais aussi avec nos compatriotes, nos amis, nos coreligionnaires, et ainsi de suite. Quand les liens sont coupés, ou interdits, ou rendus impossibles, quand on est obligé de vivre dans le présent, on aura tendance à devenir soit mystique, soit nihiliste, soit les deux.

Or, ce que j'appelle « théâtre p & p » (prostitution et pornographie), comme la quasi-totalité des analyses le concernant, est figé dans le présent, pris dans l'immobilité du tableau, de la scène, de la pose, de la position ou de la « figure rhétorique ». Il isole la personne et arrête le temps. Il se prête donc admirablement au nihilisme. Toutes les prostituées, pendant leurs heures de travail, sont tenues d'éradiquer de leur esprit toute velléité de récit. Il n'est pas rare que dans un premier temps elles versent dans le mysticisme et se perçoivent comme des saintes : Catherine Millet raconte dans *La Vie sexuelle de Catherine M.* son fantasme de petite fille de donner à manger à tous les affamés du monde ; Nelly Arcan, au début de *Putain*, dit que devenir escorte était une manière de « se sacrifier comme l'ont si bien fait les sœurs de mon école primaire pour servir leur congrégation ». Mais elles en viennent presque toujours au nihilisme.

\*
\* \*

ARCAN, PHILOSOPHE

Même sans mac, une prostituée n'est jamais une femme libre. Elle est, dit Nelly Arcan dans un des textes du présent recueil (« La Robe »), « un déshabillé et rien d'autre, une tenue de nudité excommuniée de tout ce qui n'est pas son corps : amour, amitié, mariage, enfantement. C'est le contraire de la compagne, même si on prétend le contraire dans le mot escorte. Rien n'est jamais escorté dans ce monde, tout est distance et froideur. Un corps dans le déshabillé de la désincarnation. Dans les frous-frous de la désintégration ».

Qu'en est-il du désir d'enfant d'Arcan elle-même ? Elle a été enceinte, en 2003, d'un homme dont elle était « follement » amoureuse (c'est le sujet de son deuxième roman, *Folle*). Lui ne voulait pas d'enfant, il a exigé qu'elle supprime ce fœtus, elle a acquiescé. Cet avortement sera sa deuxième grande leçon de matérialisme, après l'étude de son visage dans le miroir. De retour à la maison après l'intervention, elle sent « de lourdes crampes faire tomber de petites masses noires entre mes jambes », elle étudie ces masses noires de près et les décrit longuement ; c'est insoutenable, certes, mais tous, nous sommes nés de cet insoutenable-là. « Ce soir-là j'ai appris beaucoup de choses, par exemple que l'âme n'existait pas et que les hommes se racontaient beaucoup d'histoires pour rester debout devant la mort. »

En 2007 elle hésite encore, n'arrive pas à se décider : faire un enfant, ne pas en faire ? Devenir mère serait rejeter une fois pour toutes le nihilisme, les absolus exaltants du « tout » et du « rien » ; ce serait entrer dans le relatif, le fragile, d'une histoire qui se déploie. Mais, en

19

toute sincérité… y a-t-il beaucoup d'hommes capables d'envisager sereinement la vie à long terme auprès d'une femme qui, pendant ses années de prime jeunesse, a reçu sur elle ou en elle le sperme de trois mille pénis différents ? Et que pourrait bien raconter cette femme de sa jeunesse à leurs futurs enfants ? Que les théoriciens tranquilles tournent sept fois sept fois ces questions-là dans leur esprit, avant de décrire à nouveau la prostitution comme un « mal nécessaire », ou un « métier comme les autres » – avant de se demander, avec une candeur désarmante, en quoi le métier de la prostituée serait plus aliénant qu'un autre, en quoi louer ses organes sexuels serait différent de louer ses bras, ses mains, son cerveau. Quelle vie privée peut-on avoir quand la vie professionnelle fait appel précisément aux gestes et aux organes impliqués dans l'intimité, l'amour et l'enfantement ? Arcan résume, succincte : « C'est la chair même d'où émane l'amour qui est atteinte. »

*
*   *

Sous nos latitudes blanches et riches et fières d'elles-mêmes, les femmes ont accédé ces dernières décennies au vote, à la contraception, à l'avortement, à des postes de pouvoir, etc. L'on pourrait s'étonner, mais l'on ne s'étonne jamais, c'est curieux, que ces changements n'aient pas infléchi significativement leurs comportements en matière de beauté et de sex-appeal. Du coup, elles vivent en pleine schizophrénie. On leur demande, non, on les somme, de s'instruire *et* de se couvrir d'une burqa de chair. De devenir mères *et* d'avoir une carrière. De se voir comme égales en dignité à leur copain *et* d'accepter qu'il se masturbe en regardant des images de viol sur le Net. Il est même surprenant que plus d'entre elles, à force d'avaler contradictions et couleuvres, ne disjonctent pas.

Le contenu des magazines féminins reste inchangé : semaine après semaine, des millions de femmes intelligentes se renseignent de façon obsessionnelle sur les moyens d'améliorer leur apparence physique et dépensent pour ce faire une part considérable de leur budget ; quant au théâtre p & p, il joue à guichets fermés en permanence. Pourquoi ? Qu'est-ce que cela veut dire ?

\*

\*    \*

Pour l'essentiel, les théoricien(ne)s abordent la question de la prostitution sous deux angles, contrastés pour ne pas dire antagonistes – celui de la « libération des mœurs » et celui de l'« oppression des femmes ». La première tendance est représentée en France notamment par Élisabeth Badinter qui, dans *Fausse Route*, parle de cette « liberté sexuelle, en dehors de tout sentiment », et de ce « plaisir pour le plaisir » qu'autoriserait selon elle la scène prostitutionnelle, et estime que les femmes devraient admettre qu'elles ont aussi, tout comme les hommes, des désirs violents et asociaux. La deuxième tendance est exemplifiée par Françoise

Héritier qui, dans *Masculin/Féminin*, décrit au contraire la prostitution comme une preuve supplémentaire de la mainmise des hommes sur le corps des femmes qui caractérise l'espèce humaine depuis ses débuts.

Ces théoriciennes (et les autres) devraient lire Nelly Arcan. Celle-ci, à force d'avoir un cerveau de philosophe dans un corps de prostituée, a compris deux ou trois choses assez nouvelles.

1. La prostitution n'est la faute à personne. Les hommes de notre espèce sont programmés pour désirer les jeunes femmes aux formes appétissantes, et les jeunes femmes, pour se faire concurrence dans la séduction des hommes. Même scindés de leur but reproducteur originel, ces comportements perdurent. Nonobstant le correctif apporté à l'ère néolithique par l'invention du mariage, ils n'ont pas tellement changé depuis l'époque préhistorique. En d'autres termes, les hommes forts – et chez nous cela ne veut plus dire musclés, mais riches et socialement puissants – s'arrogent et s'arrogeront toujours l'accès aux femmes jolies et jeunes, et celles-ci se battront toujours pour leur plaire. Un passage de *Paradis clef en main* décrit des danseuses nues se relayant « pour interpréter une danse typée, marquée par l'uniforme moderne du corps bandant, mais aussi immémoriale, venue du fond des cavernes du Neandertal ». Et l'héroïne d'*À ciel ouvert* constate, désabusée : « Sur le plan social l'amour ne s'opposait plus à la prostitution, qui marchandait les êtres, sélectionnait les plus beaux, c'était la logique darwinienne, le retour aux sources, aux trophées, aux babouins. »

2. Contrairement aux idées reçues, la prostitution n'a rien à voir avec la liberté (ni celle de l'homme ni celle de la femme); souvent elle n'a même rien à voir avec le plaisir. « On ne peut pas penser à l'argent dans ces moments-là, dit la narratrice de *Putain*. On ne peut que penser que jamais plus on ne pourra oublier ça, la misère des hommes à aimer les femmes et le rôle qu'on joue dans cette misère, la caresse du désespoir qu'on nous adresse et la chambre qui se referme sur nous, (…) rien ne nous fera oublier la dévastation de ce qui a uni la putain à son client, rien ne fera oublier cette folie vue de si près qu'on ne l'a pas reconnue (…). » Évoquant un client surnommé *le chien*, elle se dit qu'« à bien y penser il lui aurait fallu trop de temps pour me raconter l'histoire des connexions qui l'ont amené à jouir du mépris qu'on lui porte. (…) Comment ne pas exécrer la vie à la sortie de ce tableau (…) ».

3. En revanche, la prostitution a tout à voir avec *cela même qu'elle nie de toutes ses forces*: la génération, l'engendrement. Arcan prend le théâtre p & p et le met en mouvement, le fait entrer dans le temps. Elle refuse d'oublier qu'elle-même, jeune femme prostituée, a été une petite fille, et même une toute petite fille. Elle dit que dans la prostitution il est fortement question de l'inceste fille-père. Elle dit que si les femmes mettent tant de souplesse et de bonne volonté à se soumettre aux exigences des hommes puissants, c'est qu'elles ont appris, petites, à aimer leur papa et à obéir à ses ordres, souvent assortis de punitions. Donc à aimer ordres et punitions. Plus original encore, Arcan n'oublie pas que l'homme, client ou mac, bon ami ou violeur

tortionnaire, a été un petit garçon. Qu'il a regardé, lui aussi, sa mère et son père. Le roman *À ciel ouvert* ne parle que de cela : « Encouragé par le corps de Julie qui se penchait sur lui, encouragé aussi par ses questions qui le relançaient, Charles avait fini par céder et parler de la boucherie de Pierre Nadeau, son père, en donnant des détails qu'il s'était promis de ne jamais mettre en mots, de peur de tout déterrer, de ramener au vif du présent l'abomination passée. »

En d'autres termes, Arcan démontre de façon magistrale que nos obsessions, manies, misères et terreurs sexuelles ne tombent pas du ciel mais poussent dans le terreau de l'enfance. Et que, par ailleurs, la scène prostitutionnelle est érigée sur une série de fictions conçues pour pallier les vertiges propres à notre espèce. Le vertige du vieillissement. Celui de la mort. Celui du temps qui passe. Celui, aussi d'être l'enfant de quelqu'un et éventuellement le parent de quelqu'un.

*
*   *

Plus que jamais auparavant, ce sujet-là est hérissé de complexités. Car si nous avons bel et bien réussi – à la suite de quelles bagarres ! – à séparer l'érotisme de la reproduction, nous ne sommes pas encore des dieux, ni non plus des clones. Jusqu'à nouvel ordre, la naissance d'un être humain résulte encore, le plus souvent, d'un acte sexuel entre un mâle et une femelle. Et jusqu'à nouvel ordre c'est encore celle-ci qui met les bébés au monde. La femme seule connaît cette espèce de « dualisme »-là : sentir pousser à l'intérieur de son corps un autre corps, un autre futur être humain.

Ce n'est pas un mérite, bien sûr ! Les singes n'en font pas tout un fromage. Mais le propre de notre espèce est de faire, de tout, un fromage. D'interpréter. De chercher raisons, causes et sens. Et voilà : c'est blessant, pour les animaux fabulateurs que nous sommes, de penser qu'on démarre notre existence dans le corps, la chair, la pensée et les souvenirs d'une femme. L'homme aussi est un tas de chair toute mêlée de pensées, mais l'embryon ne l'expérimente pas de près. On peut inventer toutes les lois et coutumes que l'on veut autour de la procréation, la différence sexuelle demeure. L'homme continue d'être impressionné par la transformation spectaculaire du corps de sa femme pendant la grossesse, par l'intensité de ses douleurs quand elle accouche, par sa propre impuissance à l'aider alors, par l'idée qu'il est lui-même né ainsi, en faisant hurler une femme, par la liberté vertigineuse d'avoir, lui, un corps qui peut encore se balader et bander et baiser comme d'habitude tandis que le corps de sa femme est lesté par un petit bébé qui tète et crie son besoin d'elle. Quant aux femmes, dit Nelly Arcan – là aussi, aux antipodes du discours victimaire – : « Depuis le début des temps, les femmes ont usé de cette capacité à rendre les pères et les bébés interchangeables, et c'est peut-être en vertu de cette capacité que bien souvent elles se désintéressent des pères une fois les bébés mis au monde. » Et vlan !

\*
\*   \*

On peut nier ces faits-là, qui nous font mal et nous donnent le vertige. Toutes les religions les nient. C'est même une des principales fonctions des religions, d'où leur tendance à imaginer des mâles faisant jaillir la vie de nulle part, et à aduler des mères vierges. Houellebecq les nie, dont les romans projettent un avenir de clonage, de reproduction non sexuée, pour « nous » libérer enfin de l'asservissement au corps féminin.

Le théâtre p & p les nie suprêmement. *Rien de tout cela n'existe*, nous dit-il. *Il n'y a que l'ici et le maintenant, la jouissance et le pouvoir.* Dans ce théâtre, l'homme s'empare d'un corps – d'éphèbe, de femme, d'enfant, peu importe – et ne le féconde pas. Il jouit en pure perte. Le sperme n'a donc rien à voir avec l'enfantement, avec la mortalité. La preuve ? Regardez ! Il gicle partout, sauf dans le vagin. L'ovule n'existe pas, ni l'utérus ni les règles ; le corps désiré est beau, avide… et vide. On peut le retourner dans tous les sens, le secouer, le percer et le pénétrer de partout : il restera *un*, *un*, *un*, jamais deux. Le corps prostitué est jeune par quintessence, donc fécond, mais stérile. Cela fait partie de sa définition. C'est un « je-sais-bien-mais-quand-même » ambulant.

Autrement dit, si pour la femme qui s'y adonne la prostitution fait surgir le spectre de la mort, elle aide l'homme au contraire à s'en libérer. *Tu es immortel*, lui souffle-t-elle. *Tu n'es pas né, et tu ne vas pas mourir.*

\*
\* \*

Que faire?

Le plus dur, peut-être, est de se débarrasser de l'idée que nous serions en train de nous acheminer, par une série d'approximations successives, vers un état d'harmonie prévu dès le départ. Non. Personne n'a prévu que l'espèce humaine évoluerait comme elle l'a fait, acquerrait une conscience, se rendrait compte de sa mortalité et se raconterait des histoires. Que les mâles percevraient la puissance féconde des femmes comme une injustice et leur en tiendraient, aux femmes, rigueur. Que les femmes finiraient par en avoir marre d'être sautées par les hommes quand bon leur semblait, et exigeraient quelque chose comme des droits, etc. Qu'il faudrait, du coup, des lois contre le viol, des punitions pour le viol, l'interdiction de l'assouvissement spontané et automatique par les mâles de leurs pulsions. Rien de tout cela n'était prévu au programme, puisqu'il n'y avait pas de programme.

La vérité, c'est que nous sommes libres de nous rendre malheureux jusqu'à la fin des temps. Alors il me semble que pour les relations hommes-femmes c'est comme un peu pour les relations Blancs-Noirs: même si, à beaucoup de Blancs, il semblait non seulement acceptable mais évident, d'avoir des esclaves noirs, et même si certains esclaves se disaient satisfaits de leur sort, il fallait vraiment mettre fin à l'esclavage. Construites, prédiquées comme l'esclavage sur l'inégalité, la prostitution et la pornographie sont iniques pour les mêmes raisons. Du reste, il s'agit ici comme là d'un *commerce*, éminemment lucratif; chaque année, grâce à la souffrance physique et psychique des jeunes femmes, des milliards de dollars sont empochés par des tiers, sans que l'on s'en émeuve plus que ça. Il est vrai que l'Europe a mis quatre siècles avant de s'émouvoir du sort des millions d'esclaves africains.

En clair, on ne peut pas parler d'égale dignité entre les sexes, d'une main, et, de l'autre, s'arranger avec l'idée que des millions de femmes, de par le monde, ont la vie pourrie par cette chose-là. « Tu n'avais pas, dit la narratrice de *Folle* à son amant qui raffole de cyberporno, ma manie de penser au quotidien des filles qu'on voyait, pour toi les images n'existaient pas vraiment, elles n'avaient pas l'épaisseur de la vie. »

\*

\*   \*

Alors que faire ? Une « proposition modeste », sur le modèle de celle de Swift (pour résoudre d'un seul coup le problème du surpeuplement et celui de la faim, Swift proposait que les Irlandais pauvres élèvent leurs enfants et les vendent comme viande sur pied aux Anglais riches) : il faudrait créer des mutantes. Lobotomiser et robotiser systématiquement un certain nombre d'êtres humains pour que leur cerveau ne soit plus capable de réfléchir, de se souvenir, de produire des émotions. Des humanoïdes programmés pour séduire, baiser, gémir, crier et s'exclamer « Oooh, qu'elle est grosse ! » à tout bout de champ.

Mais non. Ça ne marcherait pas car, dans le théâtre p & p, la jouissance vient précisément de ce que l'on traite comme s'il ne l'était pas un être qui est humain.

*
*   *

Alors que faire? L'abolition étant inconcevable en la matière, dessinons au moins une utopie. Il faudrait… que dans la sexualité les gestes se diversifient le plus possible. Qu'hommes et femmes apprennent à jouer tous les rôles, en se détendant, en s'explorant dans la curiosité, la gratitude et la confiance mutuelles. Que les hommes apprennent les joies de la passivité et les femmes celles de la domination, sans que l'argent change de mains. Qu'on cesse de dire « se faire baiser » et « se faire enculer » pour « se faire avoir »; que les femmes disent à quel point il peut être merveilleux de se faire baiser et de se faire enculer; que les hommes aussi le découvrent et le redécouvrent. Que les femmes renoncent à leur monopole sur l'éducation des enfants, la cuisine, et le travail ménager, sans les dévaloriser pour autant; qu'elles aident les hommes à comprendre que ces activités-là, loin d'être avilissantes, sont le socle même de notre sentiment de bien-être, de sécurité et même d'identité. Que les hommes s'occupent pleinement de leurs enfants (qu'ils en soient ou non les pères biologiques) à tous les âges, de la naissance à la majorité et au-delà. Qu'ils ouvrent aux femmes toutes leurs chasses gardées, que les femmes y apportent du nouveau, et que, dans tous les métiers, elles gagnent autant que les hommes…

C'est dire s'il y a du pain sur la planche!

Qui sait? Peut-être qu'en l'an 3000 ou 4000, si notre planète tient le coup jusque-là, les gens étudieront

l'histoire de la prostitution avec la même incrédu-
lité et la même nausée que nous étudions celle de
l'esclavage.

*
*  *

Comme Arcan elle-même, l'héroïne de son dernier
livre, *Paradis clef en main*, désire mourir depuis l'adolescence. À la suite d'ailleurs d'une tentative de suicide,
elle est paraplégique et vit en fauteuil roulant. Mais
dans les dernières pages du livre, elle renonce à se tuer
car… sa mère est tombée malade. «On a toujours une
dette, dit-elle. La vie, c'est une longue dette.»
    Et, plus loin: «Ma mère va bientôt mourir, et moi
j'ai enfin envie de vivre. C'est classique, et c'est bête.»
    Je le répète, elle s'est pendue avant la publication de
ce livre-là. C'est classique, et c'est bête.

*
*  *

Dans une photo postée par Nelly Arcan sur son site
Internet, on voit une sorte de poupée Barbie étalée
sur le dos, apparemment à la suite d'une chute, les
cheveux blonds éparpillés sur le sol autour de sa tête, un
tutu blanc relevé révélant ses cuisses nues, un escarpin
rose encore sur son pied gauche, l'autre tombé à côté
de son pied droit. Disposés en spirale autour du joli
cadavre: des téléphones (rouge, noir, gris, beige, la
plupart au combiné décroché). Des ordinateurs. Une

marionnette, également aux cheveux blonds. Pas de sang.

Titre de cette photo, pour moi : *Mort d'une philosophe*.

\*

\* \*

Nelly ma sœur, ma semblable, ma fille, chère amie, cousine, compatriote, brillante philosophe et étonnante écrivaine, Nelly admirable et écrasée, je ne sais où va le monde. Je doute fort qu'il aille vers un mieux, franchement ça m'étonnerait, ce n'est pas son genre. Je ne peux donc rien te promettre le concernant. En revanche, je peux te dire que nous sommes quand même de plus en plus nombreux, hommes et femmes, à ne pas répondre « présent ! » quand on nous demande de jouer notre rôle dans ce vieux théâtre éculé.

Voici ce à quoi on peut rêver, et œuvrer : à faire advenir des tendresses enfouies ou inconnues.

En te remerciant, au passage, pour ta sagesse.

Nancy Huston

# LA ROBE

*Nelly Arcan adresse ces pages à son éditeur en avril 2008 : « retour au je et aux émotions fortes », précise-t-elle. Elle vient en effet de publier* À ciel ouvert *où, pour la première fois, elle a construit des personnages de pure fiction, à la troisième personne.* La Robe, *par son lyrisme flamboyant, renoue avec la veine de* Putain. *Au bout de vingt-cinq pages pourtant, elle s'arrête. En septembre 2009, elle déclare vouloir s'y remettre en décembre, estimant que l'écriture du livre l'occupera un an.*

# La robe de chambre

La vie est un scandale, c'est ce que je me dis tout le temps. Être foutue là sans préavis, sans permission, sans même avoir consenti au corps chargé de me traîner jusqu'à la mort, voilà qui est scandaleux.

Et la honte qui grandit avec l'âge, l'âge comme l'eau au moulin ou celle qui coule sous les ponts, la honte qui s'élargit à mesure que mes amis se tiennent loin de moi, que mes père et mère s'effacent de ma vie et vivent, qui sait, avec cette même honte, parents et amis qui de loin en loin, sans même ouvrir la bouche, m'indiquent dans leur éloignement, leur détachement comme un doigt pointé sur moi, le lieu d'une faute qui n'est pas un geste ou une parole mais mon corps las d'être poussé par la vie. Mon être est indissociable de ma honte. Mes vêtements, les tableaux accrochés à mes murs, mes albums de photos en font partie mais n'en portent pas le fardeau. Certaines choses ne se délèguent pas.

La honte, celle d'être là, d'exister parmi les autres, la honte comme une plante verte au soleil gratuit, arrosée par la pluie gratuite, une plante que tout invite à s'ouvrir mais dont tout se détourne aussi, la honte comme bonzaï, comme torsion du corps frappé de nœuds, à l'allure muselée, arthrite du cœur, cisailles dans la croissance, la honte comme rupture, la honte d'être mal partout et jusque dans le sommeil, jusque dans les rêves où tout se rejoue en miroir, sur la face inversée du jour, l'envers de la veille, ce n'est pas la vie qui en paye le prix, cette grande Responsable, ce n'est pas la vie qui la porte sur elle, la honte associée, chromée, ce n'est pas elle qui paye l'odieux du viol, primordial, de la naissance, qui chaque fois arrache au néant une forme qui ne demandait rien, qu'à rester en puissance, qu'à n'exister qu'en herbe, qu'en potentiel d'explosion, promesse de vie intouchable, inapplicable, qu'à rester dans le froid minéral et éternel du cosmos, mais bien ceux qu'elle a forcés au monde, fait tomber sur Terre.

La vie est un scandale immune. Mais la vie, cette éblouissante déchéance, cet éclair phosphorescent qui part du ciel pour s'écraser au sol, qui crève le silence comme une condamnation à être, une sommation à voir le jour, à hurler sous la tape médicale dans le dos, à se lever et à marcher, à chier dans un pot et à grandir, à devenir plantation ou semence, homme ou femme, finira un jour par rebondir d'où elle a chuté, le Rien, le Grand Vide, le Ciel de mon père, l'horizon caché de toutes ses prières.

Pour certains comme pour Pierre Dallaire et pour mon père, vouloir mourir est un crime sur l'entourage qui ne s'en remettra pas. Vouloir mourir, c'est un enfant gâté qui tue tout le monde. Le suicide est un tueur de masse détourné, un monstre par la bande. Pierre Dallaire ne comprend rien. Mon père, qui croit en Dieu, est dispensé de comprendre.

Ça n'a pas toujours été comme ça. Je n'ai pas toujours pensé comme ça. Vouloir mourir, ce n'est pas naturel tout de suite, ce n'est pas donné tout de suite à la naissance. Vouloir mourir dépend de la vie qu'on a menée. C'est une chose qui se développe et qui arrive quand on est mangé par son propre reflet dans le miroir. Se suicider, c'est refuser de se cannibaliser davantage.

Quand on meurt en bas on remonte en haut. C'est ce qu'on dit pour se rassurer, mais le rebondissement vers Dieu ne me rassure pas. Je ne sais pas si Dieu, s'Il existe vraiment, me forcera à marcher ailleurs, je ne sais pas si, dans le repos éternel raconté par mon père avant de dormir, Dieu ne me contraindra pas à me relever et marcher de nouveau, à me réveiller chaque matin dans une existence d'où je ne sortirai jamais. La vie éternelle, voilà la plus intolérable des possibilités, et de tout temps les hommes en ont rêvé. Ça, jamais je ne le comprendrai. C'est ce que je me dis tout le temps.

De subir ce scandale qu'est la vie, je n'y arriverai plus encore longtemps, je n'en ai plus pour longtemps, voilà ce que je me répète aussi à longueur de journée, des journées que je passe, depuis que je ne travaille plus ou si peu, en robe de chambre, comme une traînée, sans même un coin de rue ou un site Web pour me faire voir, pour me montrer, pour solliciter, provoquer, contraindre à regarder et réclamer, me faire engager, fourrer comme payer son loyer, des journées traînassées que je passe à mépriser cette robe de chambre qui tourne en dérision, à force d'être banale et rose, à force de laideur, d'usure jusqu'à la corde, mes petites misères. Car mes misères sont petites vues à l'échelle mondiale. Cette petitesse fait aussi partie de ma honte.

Être misérable, c'est ramper dans le cliché d'une robe de chambre fanée. Mes misères sont une comédie jouée dans le costume de la souffrance : la robe de chambre, substitut des bras maternels, étreinte de la routine, présence émasculée, doucereuse, du au jour le jour.

Et la robe de chambre qui est un costume est aussi un théâtre. Je n'ai pas d'enfants et c'est dans le théâtre de ma robe de chambre que je n'en ai pas. C'est dans ma robe de chambre que mon infertilité, mon absence d'enfants, mon défaut de progéniture, s'affiche aux autres : à mon père, à ma mère, au cercle limité de mes amitiés et à une foule imaginaire, réduite à un seul regard braqué sur ma personne, sur moi, personne, fusil posé sur ma tempe. Je pleure et c'est encore dans un théâtre que je pleure. Mes pleurs sont entendus par une foule formée de spectateurs de moi-même, qui expie avec moi les liquides engendrés par la faiblesse, d'ailleurs tout est vu et entendu par cette foule, la mienne, une foule globale, admirative aussi bien qu'impitoyable, cruelle d'exigences quand elle n'est pas embrasements, tonnerre d'applaudissements, et souvent je me poste devant le miroir pour observer, dans l'ambiance tamisée de ma salle de bains impeccable, mes yeux rougis par les pleurs.

Je m'observe car je fais aussi partie de ma foule portable et je pense : comme je suis belle, comme ces yeux seraient beaux sur un écran. Je projette mes petites misères au cinéma et quand j'y parviens, à dédoubler mes misères et à les grossir en spectacle, ma douleur s'en va. Le temps de la représentation, un sens est donné à ma vie. Et quand c'est le théâtre qui s'en va, la solitude où je suis de tous oubliée reprend ses droits, vide le monde de tout le monde et la douleur revient. Ma vie est un espace pour conter mes malheurs au monde ou souffrir seule. Pour m'écraser au milieu de ma foule comme un avion en pleine ville ou m'éteindre dans l'anonymat de mon salon, devant la télévision.

La mort que j'attends depuis des années mettra fin à l'alternative du théâtre, même si pour l'instant la mort est aussi, comme la robe de chambre, c'est forcé, c'est écrit d'avance, parfaitement conséquent, un théâtre où se joue mon agonie. C'est en témoin de mon enterrement que je me dis adieu, que je me livre un dernier hommage.

La robe de chambre, ma mère. De ma mère j'ai eu honte, dans le temps. Je l'ai jugée et je le regrette. À juger sa mère, on perd sa vie. Juger sa mère c'est engueuler un miroir, c'est montrer les dents dans le noir, c'est se manger, c'est ouvrir la gueule sur sa propre gueule ouverte, c'est mordre cette gueule qui sert à mordre. C'est bruyant, c'est baveux et ça ne sert à rien. Juger sa mère c'est lancer un boomerang. On pense qu'il ira loin devant mais il nous surprend derrière la tête. Comme une claque de maîtresse d'école, ça claque quand on la perd de vue. Parfois le boomerang met des années à revenir, à frapper dans le dos, mais dans le passage du temps il gagne en vitesse et l'impact n'en est que plus fort. Juger sa mère, c'est se tirer à bout portant.

Parfois je caresse le tissu usé de ma robe de chambre et c'est comme si je voulais lui caresser sa peau à elle. Toutes les mères du monde portent une robe de chambre qui devient ensuite le chemin obligé des filles. Petite, je trouvais ma mère belle. Une femme, c'est d'être belle. Même en jouant à la marelle, même en s'accouplant, même en enfantant, c'est toujours d'être belle. C'est un sort atroce parce que la beauté est à l'abri de toutes les révolutions. Pour être libre, il faut faire la révolution. Les femmes ne seront jamais libres. Les mères seront toujours la première prison des filles.

Mes souvenirs d'enfance sont tous ou presque liés à ma mère et ses feuilletons. Ma mère Dallas, ma mère Sue Ellen, ma mère Temps d'une paix et Dames de cœur, ma mère L'Héritage. Souvent ma mère ne pouvait regarder deux feuilletons à la fois, alors elle en enregistrait un pour le regarder plus tard dans la soirée, elle se le gardait comme dessert et elle pouvait en manger beaucoup, des desserts en feuilletons, gâteries en série, elle se les enfilait avec joie, se les tapait à la place d'hommes, ou plutôt elle se tapait tous les hommes des feuilletons. Et sans l'avoir entendu de sa bouche, je sais que ma mère se voyait elle-même dans ses feuilletons, je sais que sa robe de chambre et sa vie d'être assise sur un divan était aussi un théâtre où elle se regardait et se montrait devant un public, où elle changeait de peau, facile comme tout, simple comme bonjour. La télévision était sa loge la plus fournie, caverne d'Ali Baba regroupant toutes les versions de femmes, chambre maudite de Barbe-Bleue. Peut-être que c'est la mère de Barbe-Bleue qui a tué les femmes de Barbe-Bleue.

Ma mère n'était pas une femme active, comme gestion sexe-travail-famille, comme métro-boulot-dodo, elle n'était pas active mais elle était disponible, son corps accessible tous les soirs sur le divan rendait sa présence indéfectible. Jamais la prison ne manquait à l'appel. Je crois que jamais la prison n'a pensé à s'évader. Ses yeux verts très verts, deux fois plus verts qu'un trèfle à quatre feuilles, quatre fois plus émouvants qu'une tête de violon, yeux lacrymogènes centrés par un nez droit et encadrés d'une chevelure longue et brune, presque noire, la sacraient reine de beauté. La beauté, comme la laideur, détonne, règne, crève les yeux, se dilate dans l'espace des yeux pour aller au-delà du visible, chez les dieux. La beauté royaume. La laideur exil. Ça souligne à gros traits, ça hurle ses poumons à la face du monde. Ça magnétise tout ce qui bouge à la ronde. Mais la beauté ou la laideur, on s'y habitue, à force, on s'y soumet jusqu'à s'en détourner.

Je ne suis ni belle ni laide. L'entre-deux rend invisible, la neutralité du corps ne marche pas bien dans la perception. En marchant dans les rues, au supermarché, dans les cafés, les regards glissent sur mon corps comme la pluie. Les autres se posent sur moi mais n'y adhèrent pas. Téflon, comme dirait ma mère. Avec le temps j'enlaidis et ça ne marche pas mieux. C'est à cause de la tristesse, du masque de la tristesse qui s'est tricoté avec mon visage en dessous. Ma mère était la femme la plus triste au monde, son visage était aussi un tricotage de grimaces de tristesse et de peau. À force, son visage n'a plus touché personne. C'est ça, le vrai drame, être si triste et si longtemps qu'on ne touche plus. Pour toucher avec son malheur, il faut rester bref.

Sa robe de chambre était un enrobement de nudité. Sa robe de chambre était comme une peau nue exposée au grand jour. La robe de chambre est le symbole ostentatoire de la nudité des mères, la vraie, pas celle qui excite et qui s'étale sur un site Web comme façon moderne de pétasser, comme façon dernier cri de se vendre au coin d'une rue, mais celle qui fait parfois naître la pitié, au mieux la compassion. Ce mouvement de compassion, je l'ai refusé pour moi et pour les autres. J'ai choisi de juger, comme j'ai choisi de mourir.

*

Dehors, dans les environs, il y a un endroit qui s'appelle le Plateau Mont-Royal. Le Plateau Mont-Royal n'est qu'un lieu où j'ai déposé ma honte, le dernier en date. Dans cette honte il y a tous les autres lieux que j'ai habités, en premier les Cantons de l'Est où je suis née. Quand je suis née c'est à ce moment, je suppose, que tout a commencé. À y regarder de près, le début, c'est peut-être ma mère. Et si le vrai début, c'est ma mère, c'est aussi sa mère à elle. La honte est une lignée de femmes à perte de vue qui se boucle en cercles, en nœuds de pendu qui accouchent les uns des autres, nœuds qui s'achèvent comme un serpent qui se mord la queue, qui se la mange, qui se la digère et se régénère dans l'autosuffisance d'une vie enroulée sur elle-même, ni affamée ni rassasiée. Une roue qui tourne sans coup du destin, autopropulsée.

Un jour, petite de six ans, j'étais juchée sur une grosse roche, quelque part dans un sous-bois des Cantons de l'Est. Cette grosse roche emboisée, entourée de grands bouleaux à l'écorce qui perle en fines lames de papier, des bouleaux qui s'épluchent comme une caresse, une tendresse détachable, cette roche qui n'avait rien de spécial a dans mon souvenir une importance capitale. Les souvenirs sont toujours centrés par une grosse roche comme une ancre jetée au milieu, par des plombs dans le filet qui tiennent le souvenir en place. Sinon les souvenirs partent dans le courant de l'oubli. Les souvenirs sont toujours punaisés, sinon ils disparaissent à jamais. Cette roche-là était un podium d'opprobre où je suis montée défaite. C'était d'abord un refuge pour me cacher, pour fuir les regards, alors que la roche, énorme, au lieu de me protéger en me cachant, au lieu de m'effacer de la surface du monde, m'a surélevée pour m'exposer au flash d'une caméra vicieuse. Une photo dans mon album de photos en fait foi. De moi sur la grosse roche il y a une série de témoins : le photographe et quiconque regarde la photo. Je ne l'ai jamais déchirée, malgré la gêne qu'elle m'inspire chaque fois.

J'étais donc juchée, debout, sur la roche. Je portais un jeans surmonté d'un T-shirt bleu ciel sur lequel Mickey Mouse souriait, éclatait de joie par les oreilles. Mes cheveux châtains et courts, taillés à la garçonne, étaient pareils qu'aujourd'hui, la couleur, la longueur, la contre-performance du châtain terne, sans éclat, tout. Comme si, tout ce temps de ma vie, j'étais restée sur la roche. Mes deux mains étaient curieusement ramenées derrière mon dos, à hauteur des fesses, comme si je retenais quelque chose de tomber. Sur la roche de ma

45

bassesse je retenais quelque chose avec mes mains, qui avait à voir avec mes fesses, quand quelqu'un m'a prise en photo. Ma mère, ai-je toujours pensé, par déduction. Mon père, par définition maternelle, était absent. Toujours parti, mon père, disait ma mère. C'est difficile à faire, un portrait de l'absence, ça ne se photographie pas. Ce ne pouvait davantage être l'une de mes petites amies, toutes trop jeunes : Marie-Claude, Martine, Diane, Peggy, Nancy, Marilyne, Caroline, Kathleen. Le visage affolé, figé en panique, la bouche ouverte en O, je m'opposais à la caméra mais la caméra a triomphé de mon refus en me prenant quand même en photo.

Les caméras se moquent bien du consentement de leur sujet. Les parents derrière la caméra ne font qu'obéir à la fonction de la caméra tenue entre leurs mains, qui est de photographier. Sinon, à quoi bon l'avoir achetée. Sinon, à quoi bon transporter une caméra dans les bois. À quoi bon être dans le bois, si c'est pour laisser le bois tranquille. Pourquoi laisser le dehors en l'état, si on peut en arracher un bout. Le monde obéit à la technologie qu'il a lui-même conçue. Le monde est un doigt qui actionne toutes les fonctions imaginables et c'est bien malgré lui qu'il les actionne, car le monde a perdu sa volonté propre. Il rampe pour se mettre à l'abri des coups de pied de ses machines. Le monde est mû par un commandement venu d'ailleurs, d'en haut, du dieu Bouton, et il en est de ce fait disculpé. Le monde se branle sur des filles de treize ans sur le Web parce que les filles de treize ans sont actionnables. Le monde est soumis à la fonction érectile des filles de treize ans et s'en trouve blanchi. Alors le monde continue. Le monde actionne. Le monde rampe devant la fonction, reçoit les coups de pied tombés du Ciel, du dieu Bouton, il se prend en photo en train de recevoir les coups de pied, il se filme, il se regarde, il se voit se voir. Il souffre en double. Il commercialise ses larmes, les change en théâtre. Il se vend et s'achète, disperse sa douleur aux quatre vents, comme des cartes postales, des confettis de doléances. Un jour, c'est forcé, la technologie se retourne contre le monde qui lui a fait voir le jour, comme tous les Frankenstein patentés. Il se retourne contre le monde en le faisant se démultiplier, déborder de partout, puis en l'éclatant en morceaux dans son trop-plein de lui-même.

Ma mère m'a raconté, alors que je lui montrais la photo prise debout sur la grosse roche, que ce que je tentais de cacher avec mes mains ramenées dans mon dos, au ras des fesses, c'était un trou. J'avais un trou dans mon fond de culotte. C'était juste un trou. Toute ma vie, toute ma sainte vie sale et trop sage, plate à mort, toute ma vie en regardant la photo, convaincue par l'image trompeuse, j'ai été minée par le poison de la gêne, envahie par un embarras crasse comme une nausée longue de vingt-cinq ans, un vertige devant un méfait, un dommage à moi-même et à la face des autres jamais nommé, parce que je croyais que c'était ma merde que je tentais de retenir. Je croyais avoir déféqué dans ma culotte remplie d'une défécation impromptue et empêchée de descendre le long des jambes pour sortir en bas, aux pieds. Ma merde imaginaire m'a embarrassée pendant vingt-cinq ans. C'est drôle, quand on y pense. La photo proposait de la merde et j'ai gobé la photo. Sur la photo, il y avait la suggestion de la merde et j'ai acheté la suggestion. La suggestion venait peut-être de ma position debout, je n'en suis pas sûre. Je dis ça après coup, a posteriori. Si c'était un trou, seulement un trou, pourquoi ne pas m'être assise sur la roche au lieu de hisser le trou sur des jambes ? Mon cul à terre aurait constitué une cachette inviolable. Mais je suis restée debout, la bouche ouverte sur un cri qui voulait dire qu'il m'était impossible de m'asseoir dans ma merde ou de la laisser descendre. J'ai oublié que je n'étais qu'une enfant de six ans. Pendant vingt-cinq ans, j'ai oublié la vérité du moment, sur la grosse roche, où je n'étais qu'une petite fille de rien. Que rester debout, face à la caméra, n'était pas un calcul pour démontrer l'impasse dans quoi mon corps se trouvait. Ce que je tentais de cacher avec l'énergie du désespoir et les moyens du bord n'était pas le pire. On imagine toujours le pire, même quand on ne l'imagine pas. C'est subliminal. Le pire joue dans les idées, mine de rien, il rôde aux extrémités de la pensée. C'est un parc d'attraction fantôme, un bateau pirate fiché sur la ligne d'horizon.

Peu importe car ce que je voulais cacher, tout le monde le voyait déjà. Les photos sont un avertissement général, elles invitent à l'indiscrétion. En me photographiant, ma mère a aussi photographié ma foule, cachée derrière la roche. Les indiscrets sont aussi des juges, et on est toujours dans le jury quand on se place devant une photo.

Quand j'en ai parlé à ma mère après qu'elle m'eut dit la vérité, elle a éclaté de rire et c'était comme si elle riait de ce que je venais de créer dans son esprit. C'était comme si, vingt-cinq ans plus tard, je chiais devant elle, placardée de Mickey Mouse aux oreilles hilares, et qu'elle trouvait ça marrant. C'était comme si elle me reprenait en photo, la main dans le sac de mon propre scénario. Dans ma merde. Mon interprétation, même réfutée par elle, ma mère porteuse, photographe officielle, est restée victorieuse. La vie, c'est un peu ça aussi, subir l'empreinte éternelle des impressions cousues aux souvenirs et aux photos qui jettent sur eux leur ombre de mensonge, les perpétrer chez les autres dès qu'on ouvre la bouche.

La honte, c'est un pays. Une légion d'honneur d'un pays défait. C'est l'univers. C'est l'expérience d'être dans un corps. C'est l'expérience d'être ce corps-là, dans cette vie-là, avec ces choses-là qui rentrent et qui sortent, qui échappent à la volonté. Les tableaux et les sculptures dans les musées, les photos sur le Web et toutes les robes du monde n'en sont que les représentants, ils se désagrégeront bien avant la honte dont ils sont le reflet. Une expérience tellement lointaine qu'elle ne peut plus être retracée, qu'elle se perd dans la nuit des temps de mon père, qui vit aussi la honte d'être un homme. Quand la nuit des temps reviendra, un jour prochain sans prévenir, il faudra se concerter, se demander s'il vaut la peine de continuer dans un autre cycle de mille ans, et dans le cas très probable d'un non, il faudra sans doute invoquer quelque force du Ciel, faire descendre par la force d'une incantation pleine de menaces un archange, le sommer d'écraser une fois pour toutes la tête du serpent ou du moins le couper en deux pour rompre le sort invivable de l'éternité, avec une épée vierge faite pour ça, une arme blanche qui n'attendait que ça, sectionner, fendre, faucher, hacher par la hache, l'endroit précis où se joue le recommencement, l'impossible fin.

Je suis née dans les Cantons de l'Est, ça a déjà été dit aussi. Dans ces Cantons il y a Lac-Mégantic qui signifie « lac poissonneux » en algonquin, et autour des Cantons, des Laurentides, du Saguenay-Lac-Saint-Jean, du Bas-Saint-Laurent, de la Mauricie, il y a le Québec qui a failli par deux fois être un pays, il y a plein de régions flanquées du Québec comme bateau deux fois manqué, et plus grand encore autour du Québec, le Canada. Autour de la signification du nom il y a deux clans, celui qui croit que Canada veut dire « là où il n'y a rien » en iroquois et celui qui tire le mot vers le haut, une note au-dessus, le clan qui lui donne un peu de chair humaine : village. Mon pays de Blancs est né de la bouche des Autochtones et ce pays a été par eux exploré, évalué et adjugé vaste et mort, une vaste mort, un fossile échoué sur l'Amérique du Nord, la plus petite unité de vie sociale répertoriée, du quasi-infréquenté d'un océan à l'autre, un néant à perte de vue parsemé de conifères, de toundra, criblé de montagnes rocheuses et de glace, envahi par l'hiver et les prairies, mon pays est situé là où il n'y a rien et où tout traîne en longueur. C'est long longtemps. C'est un serpent, queue en gueule. C'est la nuit des temps.

En fins connaisseurs du territoire ils l'ont condamné à l'immensité d'un contenant vide, ce pays comme un ciel où tant de choses se déploient et s'étirent, comme l'agonie d'une baleine sur une plage au bord de la mer, mais où rien ne bouge, où rien n'arrive jamais, que de la longueur, que de la distance qui arrive, que du temps qui bouge en rond, et en retour les Canadiens ont eu honte des Autochtones qu'ils ont jugés et méprisés depuis des siècles, depuis le début du saccage des premiers colons, ils les ont condamnés à leur offrir seulement de voler des espaces de vacuité, un plan de retraite en plein désert. Les Blancs ont pillé, en plus du reste que sont les arbres, les rivières, les clairières, l'incontournable présence des forêts qui racornissent, qui s'écorchent et poussent vers le sol comme un accident de parcours, une aberration du paysage, à mesure qu'on remonte au nord, ils ont pillé les noms de leurs lieux d'habitation mais ne s'en souviennent plus. Ils ont oublié la sagesse qui a prononcé avant eux ces grands vertiges de rien, ces somptueux territoires du vide, tranquillement remplis de villes ou de villages métis comme Chibougamau, Matane, Donnacona, Tadoussac, Matagami, Natashquan, et Kujjuaq, noms à coucher dehors dans des réserves, un dehors poubelle boursouflé d'alcoolisme et de colle à sniffer quand ce n'est pas de l'essence, affligé d'inceste, souvent stoppé dans l'autophagie par le suicide.

Il y a un peu plus d'un an, ma robe de chambre était revêtue à l'heure de l'apéro, en fin d'après-midi, dès que le soleil commençait à décliner, dès que son intensité phosphorescente s'estompait pour laisser place au tissu gris qui sert de toile de fond aux étoiles, en ville invisibles. Dans le lent dégradé de la blancheur aveuglante des ciels d'hiver au bleu-gris de la nuit en ville, la robe de chambre se déposait, pelure de mère, sur mon corps. Sortir et entrer dans ma robe de chambre correspondait peut-être aux courants lunaires. La lune comme influence, comme centre de gravité, comme dernière référence, en cas de perte de repères dans la vie sur terre. Le Ciel comme réponse, en cas d'éloignement de son prochain. Ça marche un temps. Ça fait son temps. Ensuite, quand la lune ne remplit plus ses promesses, quand le cosmos échoue à intéresser les hommes, à leur constituer une origine, quand il se vide de ses constellations et de ses réseaux d'explications, des joies comme des peines, quand il ne précise plus l'incidence de l'amour et du bonheur, ne reste plus que son propre reflet cannibale dans le miroir. Quelque chose meurt quand on se fait face dans une intention de se dévorer, mais la vie continue comme si de rien n'était, comme si un scandale ne venait pas d'éclater au grand jour. C'est le seul scandale dont on ne parle jamais dans les journaux. Les journaux hypocrites n'aiment pas vraiment les scandales, dans les bains de sang et l'odeur du sexe, dans le sillon de leurs glaires écœurantes, ils restent pudiques.

En robe de chambre à l'heure de l'apéro, je regarde souvent par la fenêtre au lieu de regarder la télévision. Pour ça il suffit de faire pivoter mon fauteuil vers la fenêtre et de tirer le rideau vert. Par chance, mon rideau n'est pas rouge. Sur la surface de la vitre, depuis mon fauteuil, ça prend vie. J'y vois des choses qu'il est difficile de décrire, comme les scénarios où je trouve la mort, tous les jours, dans mon théâtre. Des gens connus de moi et volontairement introduits, qui m'ont fait mal ou que j'ai blessés, que j'ai aimés et qui m'ont aimée, qui m'ont haïe et que j'ai bannis, qui sont sortis de ma vie ou que j'ai poussés hors d'elle, tous ces gens sortant de nulle part pour entrer sur la scène du crime dans un oh, ah, oh non. Des gens qui ne sont plus que mains plaquées sur la bouche. Des gens qui revoient, dans une succession de souvenirs précis et révélés, ce qu'ils m'ont fait et ce que je leur ai fait. Des gens qui me pardonnent mes fautes et qui s'en veulent des leurs. Les morts meurent avec ceux qui restent, réduits au silence imposé des trésors introuvables, engloutis par les forces souterraines des océans, par leurs puissances de soubassement. Les morts ont toujours le dernier mot. Quand ils laissent une lettre derrière, c'est pareil. C'est peut-être pire. Une lettre, c'est un long sermon. Les sermons indulgents sont les plus durs, à cause de la colère non autorisée chez les lecteurs.

Sur fond d'étoiles invisibles, je me suis souvent éteinte. Et la plupart du temps, quand ces gens de mon théâtre, leurs deux mains sur la bouche, quittent la scène, je ne sais plus quoi faire de moi, alors je recommence ailleurs à mourir, à être trouvée morte, et à être pardonnée. Je recommence à m'écraser ailleurs, comme un avion lancé dans le ciel qu'on a oublié d'entretenir, dans les environs.

Aujourd'hui, je ne sors plus de ma robe de chambre, que pour la laver. Quand je la lave, je reste nue. Mon corps m'écœure, la vision même fugace de mon reflet dans le miroir, quand je passe devant, est un sacrifice qui s'impose.

Ce n'est pas parce qu'on veut mourir qu'on doit laisser puer la peau de sa mère.

# Le déshabillé

Dans ma clientèle il n'y avait pas d'Amérindiens. Dans l'exercice de ma fonction j'étais un indice de pauvreté et de misère morale. La misère morale arrive quand on baise ses enfants au lieu d'une pute. Être pauvre, c'est ne pas pouvoir opérer de transfert interne, entre la race des femmes gratuites et celle des femmes payantes.

Baiser une pute à trois cents dollars l'heure, c'est plutôt l'affaire d'Américains et de Canadiens anglais, mon affaire était celle de races morales aux poches bien garnies qui surfent sur le Web, par ennui ou par habitude, par compulsion, maladie mentale ou autres problèmes de conscience, comme salir ses enfants ou sa femme. Une pute, c'est une femme dans l'apparat mais pas ailleurs, une femme exprès pour la porcherie, licenciée, congédiée ou exonérée, selon le point de vue, de la vie conjugale. Une pute, c'est un déshabillé et rien d'autre, une tenue de nudité excommuniée de tout ce qui n'est pas son corps : amour, amitié, mariage, enfantement. C'est le contraire de la compagne, même si on prétend l'inverse dans le mot escorte. Rien n'est jamais escorté dans ce monde, tout est distance et froideur. Un corps dans le déshabillé de la désincarnation. Dans les frous-frous de la désintégration. Pâleur, contenant vide. Une pute, c'est comme le Canada. Un village, là où il n'y a rien. C'est le Québec, bateau manqué, cockpit crevé par la partie immergée de l'iceberg. C'est l'hiver, comme disait l'autre. *Gilles Vigneault*

Mais on fait comme si de rien n'était. On fait comme s'il y avait quelque chose d'autre que le vide, comme s'il y avait de l'amour. L'amour, pas la guerre, qu'on dit. Et l'amour, comme la beauté, ne se révolutionne pas. Les femmes, toujours, auront le devoir d'être belles et d'aimer. Les femmes, toujours, et sans exception, seront condamnées au fardeau de la vie. Leur guerre n'est pas vraiment une guerre. Leur violence, leur haine, ne sont pas vraiment la violence et la haine. Détruire, c'est seulement se détruire soi-même.

Toutes les raisons sont bonnes sur les autoroutes électroniques, aux coins de rue du Web où traînassent, frileuses bien que mouillées, toujours un brin glaciales même dans la brûlure au bas-ventre qu'elles provoquent, les évanescences de putes, les images effrayantes de leur jouissance grimacée. Le plaisir-grimace, comme la tristesse-grimace, est un masque. Les masques servent à jouer devant la foule. La grimace est un tricot où se rencontrent la peau du visage et les simagrées du théâtre. Pour rester vrai, il faut se garder dans l'impassibilité le plus possible, s'il y a quelque chose dont il faut se méfier, c'est bien des mimiques de son propre visage.

Le site Web, c'est un déshabillé d'un certain genre. Un strip-tease où la présence n'est pas requise. Dans le déshabillé du site Web, j'avais un autre déshabillé fait d'un satin brillant de couleur saumon, composé d'un soutien-gorge, d'un string et d'un porte-jarretelles, que j'ai conservé dans un tiroir de ma commode, ramassé en boule dans un bas en nylon qui lui sert d'étui. Avant il m'arrivait de le revêtir, à la place de la robe de chambre, mais mon corps désormais amaigri se perd à l'intérieur. Quand on perd du poids, on se met à flotter partout et de partout. Souvent, on perd son sexe. Le genre sexué est évacué par l'urine ou reste captif du vide dans l'estomac. On sombre dans l'ambiguïté. On lévite, on monte vers le ciel, en même temps il est difficile de se lever du lit. Il y a seulement mon ventre qui est resté bombé, malgré la maigreur il continue à faire le dos rond. Mon corps est ridicule mais il est bien à moi, je ne le laisserai plus partir, je le garderai sur moi jusqu'à la fin.

Sur le Web, il fait froid. Le Web est un portail sur la désincarnation, qui est un désert de glace sans fin. Le Web n'a pas de cœur. La désincarnation, c'est une bourrasque dans les yeux, un vent polaire qui cingle et fait claquer des dents. Se désincarner, c'est s'envisager de loin, dans la distance, du point de vue d'un autre. Avoir froid, c'est sentir son corps s'éloigner de son foyer et de la chaleur centrale que représente le cœur. Quand on peut voir son propre sexe ouvert devant soi et quand son sexe se met à parler, à renseigner, à étaler ses produits, à donner son prix et ses disponibilités, on franchit une ligne. Au-delà la folie guette, gueule ouverte, si grande et profonde qu'elle donne le vertige.

Sur mon site Web je précisais ne vouloir donner mon corps qu'à des Américains pour éviter toute récrimination sur mon prix, car jamais les Américains ne se plaignaient, jamais ils ne me renvoyaient un chiffre différent, jamais ils ne discutaient. D'ailleurs chez eux, aux States, disaient-ils souvent, c'est plus dangereux et plus illégal encore qu'au Canada, la suite logique étant que les putes sont encore plus chères, et moins performantes. L'origine française voulait dire aimer le sexe. Naturellement cochonnes. C'étaient des oiseaux migrateurs du sud vers le nord qui me croquaient, et que j'escroquais. Dans le marchandage de la honte, il est préférable de garder un taux fixe. Dans la négociation de son corps en dérive, surtout rester ferme, vente finale non négociable.

Mon affaire était celle de races sans problèmes d'identité et sans lutte pour l'espace, sans diaspora ni combats pour survivre comme c'est le cas pour une grande partie de la population mondiale. On reconnaît la richesse d'un peuple au haut niveau d'éducation de ses putes. Plus un peuple est riche et plus on dénombre de doctoresses chez ses putes. Plus un peuple est gras, plus elles coûtent cher et moins elles travaillent.

Quand je travaillais, je travaillais quatre heures par semaine. Chaque mois j'empochais six mille dollars. Aujourd'hui je ne travaille plus depuis un temps. Ce n'est pas que l'argent ne fasse pas le bonheur, plutôt qu'il existe une limite au confort et à l'aisance matérielle qu'on peut s'offrir dans la mort. Ce confort d'argent sonnant que j'ai accumulé, je le donnerai à ma mère. Je ne suis pas certaine qu'elle en veuille tout de suite. Je parie que non sur le moment et, au fil des années qui broderont son deuil, au fil du temps où s'estompera dans sa mémoire le souvenir de nos embrassades sur le divan, devant la télévision, je parie que oui, d'abord avec des pincettes et ensuite rondement, comme pressée d'en finir avec les restes, les miettes, les résidus de mon existence. Me dépenser, me disperser en produits de consommation, ce sera guérir de moi.

# L'ENFANT DANS LE MIROIR

*Une version très abrégée de ce « conte cruel pour jeunes filles », assortie d'illustrations de Pascale Bourguignon, a été publiée à Montréal en 2007, sous la forme d'une élégante plaquette. Nous remercions vivement les éditions Marchand de feuilles de nous avoir permis d'en proposer ici le texte intégral.*

Quand j'étais petite je me regardais souvent dans les miroirs, mais, étant trop petite, je ne me voyais pas tout de suite, je m'apparaissais peu à peu, seulement la tête parce que le reste du corps était inaccessible aux miroirs conçus pour les adultes, des miroirs tout en hauteur comme des ballons lâchés de la main qui se frappent le nez aux plafonds, des miroirs comme des tableaux changeants où se projettent des angles différents des murs selon qu'on se tient à tel ou tel endroit de la pièce, des miroirs devant lesquels on doit tout petit sauter pour s'attraper au vol ; étant petite je croyais les miroirs dangereux comme des fioles de pilules déclarées hors de la portée des enfants dans les modes d'emploi, il faut dire que de nos jours les enfants sont si bien protégés dans les modes d'emploi qu'il suffit aux adultes de les lire pour se sentir eux-mêmes protégés des bris d'enfants, ils en perdent leur vigilance ; ils placent le danger toujours plus haut dans leurs armoires et parfois si haut qu'ils doivent se mettre sur le bout des pieds pour le toucher ; très vite les parents n'en ont plus que pour ce qui se trouve en hauteur et souvent ils deviennent mystiques, ils se détachent du monde terrestre, parfois ils retrouvent la foi. Tous les

modes d'emploi sous-entendent que les enfants cherchent instinctivement à se tuer en avalant tout ce qui
leur tombe sous la main ; il paraît qu'au début de la
vie la mort passe par la bouche, il paraît qu'au début
de la vie personne n'est sûr de vouloir vivre.

Ma mère ne m'a frappée qu'une seule fois, c'était
une gifle au visage. La cause de son élan reste encore
aujourd'hui inconnue ; ma mère était une femme
d'action, jamais elle ne jouait aux cartes ou ne discutait
avec ses sœurs pendant le temps des Fêtes, à vingt ans
tous ses cheveux étaient blancs. Pour recevoir cet élan
au visage j'ai dû l'insulter d'un mot, il faut dire qu'à
la maison on avait tous l'insulte facile ; quand j'étais
petite mon père m'appelait pompon et ma mère pelote,
les mots qui circulaient entre mon père et ma mère
désignaient plutôt des animaux. Quand mon père a su
que ma mère m'avait giflée, il en a fait une maladie, il
l'a menacée du poing sans la frapper, il ne l'a touchée
qu'avec ses mots, mon père étant un beau parleur.

Aujourd'hui les parents ne donnent plus la fessée
et ce n'est pas parce qu'ils en ont perdu le droit mais
parce que, malgré le passage des années, ils veulent
encore contredire leurs propres parents qui leur ont
donné des coups ; en ne frappant pas leurs enfants les
parents rendent la monnaie de la pièce à leurs parents,
ils cherchent à les ébranler par abstention. De nos
jours les parents parlent aux enfants d'égal à égal, ils
leur parlent comme des modes d'emploi en leur expliquant tout de la vie, en leur disant que c'est bien de
pleurer, de crier, de cracher ses poumons à en perdre
la voix parce que ça défoule, parce que ça expulse le

mal au-dehors, parce que ce qui se terre tout au fond doit faire surface au plus vite, sur-le-champ, ils les encouragent à crier vrai en ouvrant grand la voix, au diable les voisins ; il faut dire qu'au lieu de punir les enfants à genoux dans un coin les parents leur font de la psychologie, ils posent leurs arguments, ils leur accordent le droit de réplique. Parfois ils se mettent eux-mêmes à pleurer devant les pleurs de leurs enfants, ils leur expriment leur désarroi de ne pas pouvoir les dompter comme des bêtes en faisant taire la tristesse avec leurs poings, ils leur expriment leur impuissance devant la légitimité des crises de larmes d'enfants qui hurlent, et quand ça arrive, quand les parents pleurent pour de bon, les enfants arrêtent de pleurer sec, ils deviennent les parents de leurs parents. Un jour en me voyant pleurer mon père a pleuré avec moi. Peut-être ne pleurait-il pas pour moi mais pour l'une de ses maîtresses qui venait de le quitter, mon père avait une vie secrète qu'il arrivait mal à cacher, ses secrets transpiraient partout dans la maison, ils me sautaient aux yeux et à ceux de ma mère sans qu'on puisse les localiser avec certitude ; certains jours mon père était harassant de bonne humeur, ses fous rires nous écor-chaient, ma mère et moi ; d'autres jours encore il se taisait, il observait un silence duquel on était exclues, moi et ma mère, elle et moi on savait d'instinct que la cause des fous rires ou des silences de mon père se trouvait hors de la maison, en n'étant pas concernées on se sentait persécutées. Un jour mon père m'a dit la voix tremblante que j'allais un jour trouver la paix intérieure, que fatalement j'allais trouver cette paix où je n'aurais plus envie de pleurer, où la brusque révélation de ma vie qui prendra fin tôt ou tard me couperait le souffle ; il m'a dit ce jour-là que l'imminence de ma propre mort tuerait mon penchant au caprice, il a dit que lorsqu'on sait que l'on va mourir on n'a plus aucune raison de pleurer. Selon lui la paix intérieure réglait tout et, au moment où elle nous habitait enfin, cette paix, plus rien ne pouvait toucher nos cordes sensibles, on se détachait des choses matérielles ; cette paix était faite d'un grand éloignement comme une distance à travers quoi on se regarde soi-même comme quelqu'un d'autre, comme un étranger qui doit être soigné, cajolé, remis sur pied, comme une indulgence face aux ratages du passé et comme un laisser-aller face aux perspectives d'avenir. À l'âge adulte j'ai souvent trouvé la paix en prenant de la cocaïne, puisque la paix tardait à venir d'elle-même je l'ai fait venir de force.

*

Quand j'étais petite j'étais si petite que mon visage n'arrivait pas à hauteur de miroir. Je devais pour me faire face me hisser sur les lavabos des salles de bains, mon visage surgissant au bout de mon escalade et disparaissant après quelques secondes, après une fraction d'yeux ; j'étais si petite que mon visage reposait très vite les pieds sur le sol, fatigué des efforts pour se maintenir si haut ; pendant ces quelques secondes où mes mains pouvaient à tout moment glisser en prenant appui sur les résidus de savon laissés sur les rebords des lavabos marbrés de bleu et de blanc ou pire, de brun et de blanc, ressemblant à des surfaces vues du ciel qui évoquaient je ne sais quelles images de planètes lointaines, polaires, faites de sommets enneigés et de lacs glacés, de crêtes de montagnes entourées de rochers, je me voyais comme tout le monde devrait se voir, pour toujours, jusqu'à la mort. Quand j'étais petite je me voyais peu, je n'avais pas le temps. En un éclair de merveille du monde je pouvais voir dans les miroirs des salles de bains d'adultes une tête blonde au regard bleu qui ne voulait rien d'autre que se saluer au passage, reconnaissance à la va-vite par-dessus laquelle je m'adressais la plupart du temps une grimace. C'était le bon temps de la beauté non faite de canons, la beauté non imprégnée du sexe des hommes, celui de la facétie, de l'autodérision où l'on se trouve à son aise devant les traits de son visage qui deviendront un jour ingrats ; c'était le temps où ça fait plaisir de s'enlaidir, pour rire ; c'était le temps d'avant la dramatisation du visage où tout est à remodeler, le temps d'avant le temps de l'aimantation, du plus grand sérieux de la capture des hommes.

Quand j'étais petite ma mère m'a appris à me nettoyer le visage vers le haut, elle en faisait la démonstration devant moi en exécutant le geste sur son propre visage ; elle pressait ses joues vers le haut avec ses mains en partant du menton pour remonter vers ses tempes, vers les miroirs où je ne me voyais pas encore. Pour me convaincre de ne pas le nettoyer vers le bas elle allait chercher l'image du bulldog ; selon elle les joues des femmes pouvaient pendre comme celles des chiens, selon elle la laideur pouvait mordre et japper.

Souvent mon père disait de ma mère qu'elle était une chienne.

Quand j'étais petite j'ai fini par grandir. J'en suis arrivée au point fatal où je pouvais voir mon visage dans les miroirs, du moins à partir du menton ; depuis ce jour-là je n'ai plus pu m'échapper, je me suis tombée dessus à chaque tournant. Ça nous faisait plaisir de tirer la langue en ouvrant grand les yeux devant les miroirs désormais à portée de tête, moi et Marie-Claude, ma meilleure amie de l'époque, celle de l'âge primaire. On en faisait des concours, on en faisait des soirées télé où l'on était les deux vedettes, des Dupond et Dupont s'imitant l'un l'autre ; avec un index on s'écrasait le nez, avec l'autre index on s'étirait la joue gauche jusqu'à la déchirure. Pendant des années on a tenté de rentrer les yeux par-dedans, de loucher comme on dit et de perdre le point de vue du devant soi pour ne plus voir qu'un trou noir, que l'envers de ses propres orbites, loucher pour ne plus penser qu'à la réaction de l'autre devant sa réussite à loucher. Marie-Claude en était capable et pas moi, enfin je n'en étais capable qu'à moitié : un œil restait droit devant alors que l'autre pouvait rentrer dedans, se tasser dans un coin, comme il se doit, comme notre concours le voulait : ça a été la première réussite manquée de ma vie. Marie-Claude était capable de toutes sortes de grimaces, comme tirer la langue bien plus loin que la mienne et rapprocher ses pupilles, sa langue allant si loin et ses deux yeux coïncidant à tel point qu'elle et moi on avait peur qu'elle reste figée comme ça, la langue accrochée au menton et les yeux piégés à l'unisson l'un face à l'autre ; on avait peur que ses yeux brun profond ne forment plus qu'un œil unique ne pouvant considérer rien d'autre que lui-même et même pas, que du globuleux, que la perte du monde tout autour où les autres voient toujours et applaudissent l'exploit d'avoir les yeux ainsi réunis. Quand Marie-Claude louchait, elle en perdait la vue, elle entrait dans une tache aveugle. Je lui en voulais pour ça, pour cette élasticité de la langue et des yeux qui me faisait penser qu'elle se répandrait plus tard à la grandeur de son corps, c'était une élasticité qui annonçait la danse ; ça me faisait penser que tôt ou tard elle pourrait exécuter le grand écart mieux que moi, il faut dire qu'elle et moi on voulait devenir ballerines. On ne connaissait aucune ballerine ni aucun professeur de ballet mais on y croyait tout de même, à cet âge-là on ne savait pas qu'il fallait toute une vie pour y arriver et qu'il fallait commencer le plus tôt possible, dès la sortie du berceau ; à cet âge-là on était déjà trop vieilles pour commencer quoi que ce soit, il était même trop tard pour le piano, déjà nos mains étaient pleines de mauvais plis ; pour réussir de nos jours il faut être prématuré. Une fois ma mère m'a inscrite au patinage artistique, j'avais huit ans. Pendant les quelques années où j'en ai fait je me classais dernière dans les compétitions, à force ça en devenait triste, ça nous accablait moi et ma mère qui chaque fois pleurions dans les bras l'une de l'autre dans les gradins où le froid de la patinoire venait nous recouvrir. Depuis la tristesse me surprend toujours sous la forme d'une engelure, la tristesse est une sensation qui vient du nord, c'est sans doute pour ça qu'elle tasse les gens en

71

fœtus, qu'elle les ramasse en boule dans le lit et qu'elle les recroqueville sous les draps.

Marie-Claude et moi on ne voyait pas les ballerines de la même façon. Marie-Claude croyait que les ballerines n'avaient pas de poils pubiens ; pour elle il existait des exceptions à l'intérieur de la loi de la boursouflure qui mène le corps humain à la maturité, à la terre noire de la reproduction, selon elle il existait des entorses à la biologie des hommes et même à l'intérieur du règne animal ; selon elle vivaient dans certains pays des chatons coincés pour toujours dans leur forme de chatons, des chatons qui répondaient au désir de leurs maîtres de les conserver chatons, des chatons qui se repliaient par amour pour leurs maîtres dans une enfance sans rémission. Un jour mon père qui tâtait mon poids du bout de ses genoux où je m'asseyais souvent a eu un drôle d'air ; quelque chose dans son visage s'est affaissé, ses joues sont devenues bulldog, ce jour-là un froid est passé entre nous qui voulait dire la tristesse, la sienne, de me voir grandir ; ce jour-là ce qui l'a traversé venait du nord. Quand j'étais petite je voulais rester petite.

Pour Marie-Claude les ballerines restaient imberbes du bas pour l'éternité, c'était sans doute trop pénible pour elle de penser que sous la blancheur des tutus se trouvait une nuit sans étoiles, une tache d'encre abritant un animal moite, un mollusque, une éponge de mer, une fleur de chair qui faisandait tous les mois ; pour elle c'était trop dur de penser que le poids du sexe qui se développait finirait par s'opposer à l'envolée que les ballerines devaient prendre. De mon côté je n'en pensais rien, de ces poils pubiens de ballerines, mon attention était plutôt dirigée vers leurs pieds qui représentaient une énigme de coriacité et de longueur. Je me questionnais sur leurs pieds qui s'agitaient sans cesse alors que le corps restait tout entier droit, les bras en croix en guise de point d'équilibre, je les aimais bien ces pieds hors normes qui s'agitaient tandis que tout le reste du corps inspirait le calme et l'économie. Il me semblait que leurs pieds étaient trop longs, trop forts pour être des pieds, pour ne pas cacher autre chose comme une surprise ; c'est sans doute pour cette raison que je croyais qu'en dansant les orteils des ballerines se développaient subitement, qu'un appendice comme une érection montrait le nez de façon instantanée en sortant par le bout des orteils au moment de les pointer. Je croyais aussi qu'une fois le ballet terminé, qu'une fois les pieds au repos dans la petite loge en arrière-scène, les orteils redevenaient normaux, je croyais qu'ils rentraient dans leur coquille ; leurs pieds étaient comme des queues d'hommes qui pouvaient bander et débander. Contrairement à Marie-Claude, je ne croyais pas que le corps en développement ferait un jour obstacle aux montées où l'on devait perdre l'appui du sol pour occuper l'air, je ne pensais pas encore les problèmes à l'avance, en dehors du mystère des pieds des ballerines je me préoccupais plutôt de l'actualité de nos concours de grimaces, je pensais au jour le jour à ma difficulté à loucher, je pensais à la supériorité de Marie-Claude sur moi, à sa façon de prendre les devants par le biais de son visage. Devant les miroirs où nos deux têtes arrivaient tout en bas du cadre, Marie-Claude me déclassait, avec elle j'ai toujours été la deuxième, avec elle j'étais dernière. Aujourd'hui je crois que Marie-Claude avait raison de redouter les poils pubiens des ballerines parce que depuis que nous en avons, elle et moi, on ne s'intéresse plus aux ballerines, avec l'apparition des poils pubiens les rêves changent de place, ils tombent de haut.

\*

C'est quelques années plus tard qu'est venue la révélation dans mon propre regard des imperfections qui ont creusé un fossé entre moi et le monde ; il paraît qu'au moment de la puberté le sexe des femmes qui s'ouvre marque un point de non-retour dans la vie, il paraît que l'ouverture du sexe donne une tout autre perspective sur les choses. C'est une fois devenue grande que les miroirs me sont arrivés en pleine face et que devant eux je me suis stationnée des heures durant, m'épluchant jusqu'à ce qu'apparaisse une charcuterie tellement creusée qu'elle en perdait son nom. À force de se regarder on finit par voir son intérieur et il serait bien que tout le monde puisse le voir, son intérieur, son moi profond, sa véritable nature, on arrêterait peut-être de parler de son âme, de son cœur et de son esprit, on parlerait plutôt de poids et de masse, de texture et de couleur, on parlerait de la terre, on en finirait avec nos affinités avec le ciel et nos aptitudes à s'envoler, on cesserait peut-être de se croire immortels.

La première de mes imperfections a été une peau grasse qui reflétait la lumière, une tache d'huile permanente sur mon front, mon nez et mon menton, une tache qui a laissé son empreinte sur toutes les vitres des fenêtres où je m'écrasais le nez pour mieux voir dehors. Chaque fois que j'attendais ma mère qui passait me prendre avec sa voiture vert bouteille à l'école primaire, le soir vers cinq heures, je trempais mes doigts dans cette huile de peau pour faire des dessins sur la vitre de la porte d'entrée, des ronds, des carrés, des cœurs, des visages souriants ou tristes ; en dessinant je voulais peut-être venir à bout de moi-même, je croyais qu'en dessinant tout le temps tout finirait par se tarir, là sur mon visage et aussi au-dessous, sous ma peau, je croyais que sous ma peau on me donnerait raison et qu'on déclarerait forfait, qu'on ferait tout sortir d'un coup pour en finir une fois pour toutes. Lorsque ma mère arrivait enfin, toujours en retard, pour me prendre à l'école primaire, je tentais d'effacer avec mes manches les dessins qui ne partaient jamais tout à fait sur la vitre, les dessins restaient collés.

Le lendemain je retrouvais toujours l'emplacement des dessins marqué par mes tentatives d'effacement et je recommençais l'opération des ronds, des carrés, des cœurs, des visages, et parfois des initiales de jeunes garçons que je convoitais, bribes d'émois gluants qui s'accumulaient en se superposant et qui ont fini par rendre la vitre de la porte parfaitement opaque. Quand la voiture couleur de bouteille verte de ma mère s'arrêtait pour me prendre, elle n'avait plus de contours, la voiture avait elle-même l'air d'une tache et parfois je ne la voyais même pas ; en regardant bien on ne voyait qu'une ombre passer derrière le fouillis sur la vitre, on ne voyait qu'un léger nuage gris, qu'un pompon, aurait dit mon père s'il m'avait vue plaquer mon front sur la vitre. Quand je tardais à sortir ma mère devait klaxonner pour annoncer sa présence, mon immobilité derrière la vitre l'insultait, cette immobilité ne tenait pas compte d'elle ni des efforts qu'elle déployait pour prendre soin de moi ; chaque fois qu'elle klaxonnait c'était comme une petite gifle, une correction, son klaxon me rappelait à l'ordre.

Quand ma peau a commencé à luire, Marie-Claude et moi on a cessé nos concours. En plus d'avoir l'élasticité des ballerines, elle avait conservé leur peau blanche, une peau lisse et propre qui ne connaîtrait jamais, ai-je pensé à ce moment, d'éclosion. Dans les miroirs je ne voyais plus Marie-Claude loucher, je ne voyais plus que moi-même, nos grimaces ne me faisaient plus rire ; en m'enlaidissant je suis entrée dans la période du plus grand sérieux de la beauté à tenir devant les autres, c'est en devenant laide que j'ai eu la certitude d'avoir été belle.

Ma mère a tout de suite vu dans ma peau grasse sa propre peau d'enfant malheureuse. Elle a décidé de prendre l'affaire en main ; un jour elle m'a dit que sa propre mère avait négligé cet aspect de sa personne alors qu'elle était au bord de la puberté, alors qu'elle était au bord du gouffre de son sexe en train de s'ouvrir d'où une fois tombé on ne sort jamais vraiment, le fond du sexe au fond duquel on passe sa vie à regretter la période mate de l'enfance. À dix ans j'ai commencé à consulter des dermatologues qui ont été les premiers d'une longue série de spécialistes, mes problèmes de peau ayant entraîné des problèmes psychologiques qui m'ont menée chez des psychologues, des psychiatres, et plus tard chez des psychanalystes.

Aujourd'hui les spécialistes croient que l'esprit est englué dans le système nerveux central, avant ils croyaient que l'âme était une humeur qui circulait dans les veines. Pour moi l'esprit a toujours été un organe gluant, mouillé, sa matière n'a jamais été très différente de celle des yeux. Chez moi la peau a toujours eu quelque chose de réversible comme un manteau ou une couette, pour moi tout le corps est chargé de peau et d'huile, et même la parole, d'ailleurs vers les douze ans il m'a souvent semblé avoir un drôle de goût dans la bouche quand je parlais, c'était sans doute le goût charrié par le vent fétide des cordes vocales qui se développaient.

Un été où je n'ai presque pas vu le soleil, où j'ai écouté plus de musique rock, plus de heavy metal, que tous mes compagnons de classe, j'ai consulté un premier dermatologue qui m'a imposé un régime sans produits laitiers ; en coupant le lait il abondait dans mon sens des contenants et des contenus et de l'homogénéité des surfaces et des dessous, il croyait que la graisse des aliments pouvait emprunter toutes les directions pour sortir hors du corps y compris les pores de la peau ; il croyait que certains engraissaient en retenant tout dedans alors que d'autres extériorisaient la graisse par la peau, selon lui il y avait les introvertis et les extravertis. Après m'avoir interdit le lait il m'a prescrit un masque facial fait de soufre dont l'action asséchante devait atténuer la luisance de ma peau, c'était le coup de main dont j'avais besoin pour me tarir ; enfin, me suis-je dit, on supprimerait en moi tout ce qui tentait de s'ouvrir, on me boucherait les trous et je cesserais de me sécréter en pure perte. Ce masque était pour moi une potion magique parce qu'il ne venait pas de cette nature grossie par les lentilles de microscope que l'on fait pousser dans les laboratoires mais d'un monde occulte, il venait de l'Afrique du Sud, il était attribuable aux ancêtres de nos ancêtres et à la sorcellerie, à une formule composée d'invectives et de menaces, d'avertissements adressés au Créateur qui devait alors payer pour les failles de ses créatures. Si le dermatologue ne m'avait pas interdit l'ingestion du masque sous forme liquide dans sa bouteille avant de sortir de son bureau, en plus de l'appliquer au dehors je l'aurais appliqué au dedans et j'aurais bu toute une bouteille ; en vieillissant je redevenais une enfant qui ne cherchait qu'à se tuer en avalant tout ce qui lui tombait sous la main.

Pendant les premières semaines j'étais si contente que j'ai porté le masque jour et nuit, lui et moi on faisait un nouveau couple devant les miroirs ; le jour je me cachais dans ma chambre pour ne pas être vue des autres avec le masque, et la nuit, dans mes rêves, ma peau était guérie, mate et propre comme celle de Marie-Claude, dans mon sommeil ma peau avait rebroussé chemin vers mes huit ans, vers les miroirs encore trop en hauteur pour me voir ; dans mes rêves la nuit je sortais de ma chambre pour rejoindre les autres, je revenais sur mes pas, souvent la nuit je rêvais de Marie-Claude, la nuit dans mes rêves j'étais la première.

Ce masque sinistre et brun m'a dès lors fait reculer devant les invitations de Marie-Claude à dormir chez elle et devant la possibilité de passer mes étés en camp de vacances avec les autres enfants ; brusquement je me suis retrouvée seule dans ma chambre où ne se trouvait plus aucun miroir, et où je n'ai plus écouté que du heavy metal, une musique souterraine faite pour pénétrer les tombeaux, la musique des morts et des gens qui tuent, une musique qui creuse vers les bas-fonds des tavernes, une musique du diable où l'on parle de sexe, où en plus de leurs guitares électriques les musiciens exhibent leur queue. Toutes les soirées de cette période-là étaient consacrées à porter le masque, à écouter du heavy metal et à feuilleter des revues de heavy metal où des guitaristes à la queue moulée dans un collant parfois rose ou pire encore, jaune, avaient plus de cheveux que les femmes elles-mêmes ; ces guitaristes avaient tant de queue et de cheveux qu'aujourd'hui j'ai du mal à évoquer leurs visages ; dans leur virilité ils recherchaient tous l'anonymat. Après quelques années de solitude à porter le masque tous les soirs et à recréer dans ma tête les prestations de mes vedettes rock préférées, j'ai voulu ressembler aux femmes qui les entouraient sur les photos de revues comme des essaims de jambes et de seins, de minijupes et de rouges à lèvres, j'ai voulu être aimée de Gene Simmons et de Paul Stanley par exemple, les deux piliers du groupe Kiss, le plus grand groupe du monde selon leurs propres propos ; j'ai voulu avoir ce qu'il fallait de seins et de jambes, de rouge à lèvres, de minijupe et de talons hauts pour les attirer à moi, pour faire le poids devant leur queue et leurs cheveux, leurs collants et leurs guitares, j'ai voulu les encager dans mes rondeurs encore fermes, être une vraie groupie, mais comme il était impossible d'être tout de suite baisable, comme mon sexe ne pouvait pas s'ouvrir d'un seul coup, comme il était impossible de troquer ma peau galopante contre un talent d'allumeuse, j'ai changé de cap, j'ai fait un virage à droite, j'ai voulu être un homme et devenir célèbre, j'ai voulu être guitariste. La transition s'est produite toute seule, sans même que j'en prenne la décision, les efforts à fournir du côté des femmes pour s'attacher les hommes m'auront sans doute dissuadée, il m'aura sans doute semblé qu'il valait mieux être du côté de la contemplation des efforts des femmes, du côté des commentateurs, celui des hommes.

C'est autour de quinze ans qu'est venu un second problème majeur, c'était un problème de poids. Aujourd'hui je le porte encore, c'est toujours un problème lourd ; si aujourd'hui personne n'échappe aux problèmes de poids, c'est que le corps est devenu une porte sur l'éternité, c'est que le corps garantit aux hommes que tant et aussi longtemps qu'il fonctionnera ils seront bien assis dans la vie, que tant et aussi longtemps que le corps tiendra ils n'auront pas de pied dans la tombe. Il faut dire qu'en devenant athée l'humanité a voulu perdre du poids pour se conserver plus longtemps dans la même forme ; l'humanité a voulu perdre du poids pour rester stable, pour rester jeune malgré ses millions d'années, demeurer immobile pour mourir dans une parfaite silhouette ; en devenant athée l'humanité a voulu toucher le ciel par une voie terrestre, par les lois de la physique, elle a voulu remonter le temps ; en voulant vivre plus longtemps les hommes et les femmes ont dû se priver de vivre, il a fallu qu'ils vivent en se préservant, certains se sont tournés vers la congélation.

Quand j'étais petite je pesais quarante-cinq livres, je m'en souviens comme si c'était hier. Je m'en souviens parce que c'était aussi le poids de Marie-Claude, elle et moi on formait la paire, on vivait dans un rapport d'équivalence ; toutes les deux on avait le même poids, on portait le même type de robes, des robes à fleurs, des robes soleil, des robes de première communion, on chaussait la même pointure de chaussures, on était des Dupond et Dupont ; un jour elle a pu loucher et pas moi, entre nous ça a été une première grande différence si on ne tient pas compte du brun profond de ses yeux qui s'opposait à mon bleu clair ; je me demande si c'est grâce à la couleur de ses yeux qu'elle pouvait loucher si bien, peut-être que les couleurs foncées sont attirées par la lumière qui émane du plexus solaire.

Avant les guitaristes de heavy metal Marie-Claude était mon idole. Il faut dire qu'il suffisait que Marie-Claude se mêle de quelque chose pour que les chiffres de cette chose restent à jamais dans ma mémoire, Marie-Claude a toujours été une balise, elle imprimait les nombres dans ma tête, sur la base de sa seule présence s'articulaient toutes mes réflexions ; en plus du don des grimaces elle avait celui de faire naître les choses en fonction d'elle. À cet âge-là rien ne distingue une petite fille d'une autre, d'ailleurs c'est sans doute pour cette raison que pour les différencier les adultes ne les appellent pas par leur prénom mais par le nom de famille de leurs parents, les adultes ne disent pas Voilà Unetelle mais bien Voilà la fille de Unetelle, tu sais, la femme de Untel; pour se retrouver dans la marmaille de leurs proches les adultes cherchent en elle les traits des parents ou encore des voisins, ils disent Tu as les yeux de ton père, ils disent Tu auras tes premiers cheveux blancs avant d'être une femme, tu as les cheveux de ta mère.

Vers les douze ans j'ai grandi et grossi très rapidement, j'avais l'appétit démesuré et ma peau s'est mise à luire de plus belle. C'est en consultant des dermatologues qui pointaient tous du doigt mon alimentation que j'en suis arrivée à faire le lien entre la graisse qui se trouvait à l'intérieur de mon corps et celle qui apparaissait à la surface de ma peau; j'en suis arrivée à la conclusion que si je parvenais à faire tarir cette source de graisse interne qui se frayait un chemin vers la sortie, par mes pores de peau déjà énormes, agrandis par cette marée qui se pressait au-dehors, ma peau finirait par s'assécher comme un buvard; c'était simple, c'était logique, un jour viendrait fatalement où à la place du sang il y aurait un désert sous ma peau. Le corps sans graisse composé uniquement de peau et d'os, sans rien entre les deux, que des fibres sèches, que des membranes rocailleuses, ne fournirait plus rien en excès et les différentes couches de mon épiderme ne pourraient plus tremper que dans cette absence, dans cette pureté minérale; pour me soigner il fallait que je me momifie et je suis donc devenue anorexique.

Ma mère, qui n'a jamais été anorexique, est passée à côté de ma perte de poids, elle ne m'a pas vue disparaître alors que je vivais dans sa maison, sous son toit comme on dit pour rappeler aux gens que les maisons servent avant tout à protéger les hommes du ciel qui se répand sous toutes les formes, selon la saison. Ma mère et moi on avait toutes les deux des rapports d'alter ego, on saluait nos points communs, en dehors de sa propre image que je devais lui renvoyer on était en exil l'une en face de l'autre. Encore aujourd'hui je lui en suis reconnaissante, je veux dire de son désintérêt pour mon amaigrissement, ma mère m'a laissée seule dans mes efforts pour assécher ma substance et je l'en remercie, enfin on a pu se séparer sans drame, dans le silence de l'indifférence, enfin on a pu se quitter dans la méconnaissance ; il faut dire que chaque fois que c'est possible j'évite les adieux, par exemple quand je quitte la ville pour quelques mois je ne le dis à personne, je pars comme si de rien n'était, en refermant la porte tout doucement derrière moi pour ne pas alerter le voisinage ; je ne préviens mon entourage que lorsque je suis de retour, que lorsqu'il est trop tard ; souvent mon entourage m'en veut d'avoir été oublié au moment de mon départ et souvent on ne veut plus me parler, souvent quand je rentre de voyage je dois me faire un entourage à neuf.

Devant ma mère aveugle à mon poids j'étais heureuse, j'étais ravie d'être différente d'elle, ravie de ne pas suivre le parcours de sa propre silhouette ; en maigrissant je me suis expulsée de ses jupes. Mon père en revanche cherchait sur moi d'un œil avide les formes d'une féminité qu'avec les années ma mère perdait les unes après les autres en devenant une boule, un œuf qui bave, une patate qui s'opposait à ses érections, qui s'opposait d'ailleurs à toutes les érections possibles ; après avoir traversé le chagrin de me voir grandir mon père s'est tout de suite inquiété de ma puberté qui tardait à éclore, sur le plan de mon développement il avait un œil de lynx, il notait tout ; un jour il a vu que j'avais un nouveau nez, il a tout de suite vu que mon nez depuis toujours en forme de poire était devenu droit et régulier ; un jour il a dit de ma mère qu'elle avait les traits épais, il disait d'elle qu'elle avait la face pataude, je suis certaine que dans ses insultes c'est son nez qu'il visait ; ma mère et moi on avait le même nez en poire qui lui venait de son père et il paraît que son père avait reçu cette poire de sa mère, il paraît que le manque de grâce peut sauter d'un sexe à l'autre dans la descendance. Toutes les semaines pendant des années mon père m'a fait la pesée, il inscrivait sur un papier le poids de mon corps qui rentrait en lui-même, qui poussait en poupées russes vers la plus petite, qui montrait par la négative l'explosion des rondeurs saines et fermes des quatorze et quinze ans. Sans doute avait-il peur que je devienne une flétrissure, une rabougrie, une absence de règles, une vieille petite fille, une rature de femme, une prématurée suspendue dans le temps. Pour le déjouer je m'habillais avec des vêtements amples, des T-shirts extra-larges, des pantalons ballons, je rembourrais mes soutiens-gorge de mouchoirs en papier et je remplissais mes poches de pierres ramassées dans l'allée où mes parents stationnaient leur voiture, une rouge pour mon père et une verte pour ma mère. Un jour mon père s'est trouvé une maîtresse en âge d'être sa fille, une femme sans enfant à l'abri de la fécondation ; elle était sans doute sous pilule contraceptive, je dis ça par supposition, par généralisation, je n'ai jamais été certaine de quoi que ce soit du côté des maîtresses de mon père sinon qu'il les baisait, pour moi c'était déjà trop, j'aurais aimé savoir autre chose d'elles, savoir par exemple le métier qu'elles exerçaient ; très vite mon père ne s'est plus préoccupé de mon poids, pour la énième fois il a propulsé sa libido hors de la maison, il s'est remis à ses fous rires et à sa bonne humeur, ma mère et moi on tempêtait.

Quand mon père avait une maîtresse il parlait beaucoup de son propre père à la maison, il répétait à ma mère et à moi que son père avait toujours été fidèle en amour ; quand il disait ça je me disais que l'amour était du même ordre que la fessée, que l'amour était une sorte de volée, c'était du même ordre que les coups qu'on donne ou pas selon que ses parents en ont donné ou pas, je me disais que sur ce plan les parents font toujours l'inverse de leurs propres parents, qu'ils trompent l'autre par révolte contre quelqu'un d'autre. Quand mon père s'est détourné de mon poids j'ai peu à peu recommencé à me nourrir mais jamais à ma faim, depuis ce temps de l'anorexie je me suis toujours méfiée de mon appétit beaucoup plus grand que le poids-santé contenu dans mon programme génétique, ma voracité n'a jamais eu rien à voir avec ma faim, ma voracité a toujours été celle des enfants qui cherchent à se tuer en avalant tout ce qui leur tombe sous la main ; à force d'avoir faim j'y ai sans doute pris goût.

*

Petite je m'appelais Dominique, comme nom de famille j'ai hérité du nom de famille de ma mère. Aujourd'hui je m'appelle toujours Dominique mais ce nom a perdu de sa prestance, Dominique est un prénom qui a vu le jour en campagne, dans la grande ville il est tombé en désuétude. Dans le passé beaucoup de petites filles le portaient aussi, dans ma classe de troisième par exemple il y avait trois autres Dominique, moi comprise il y en avait quatre : Dominique Mercier, Dominique Lacasse, Dominique Leblanc et Dominique Michaud. Chaque fois que mon professeur de troisième année prononçait mon prénom au début de l'année scolaire, j'avais le réflexe de répondre immédiatement en me tournant vers elle ; au début de l'année scolaire je n'imaginais pas qu'il était possible qu'il ne s'agisse pas de moi, ce prénom m'était propre comme le bleu de mes yeux, je répondais à mon nom comme avec ma mère, en accourant les bras ouverts ; à la fin de l'année scolaire je ne relevais même plus la tête en entendant Dominique, j'attendais que mon prénom soit répété au moins trois fois avant de réagir, et quand par hasard il s'agissait de moi je passais pour une entêtée, j'avais des problèmes d'apprentissage. Là où je suis née il y a eu une sorte de baby-boom à un moment donné ; pendant les années précédentes ça a été le tour des Isabelle, dans ma classe de troisième il y en avait cinq; il m'a toujours semblé que les Isabelle allaient un jour payer pour la trop grande popularité de leur prénom, il m'a toujours semblé que les Isabelle n'auraient d'autre choix que se cacher sous une fausse identité, qu'elles devraient développer une personnalité extravagante pour garder la tête hors de l'eau, il m'a semblé qu'elles n'auraient d'autre choix que se maquiller à gros traits pour être envisagées.

Quand j'étais petite j'aimais beaucoup les petites filles. Il faut dire que les petites filles que j'ai connues m'ont toutes impressionnée, les autres petites filles et moi on était comme des chatons d'une même portée de chatons, ensemble on devait survivre à la tétée, on devait jouer des coudes pour avoir la meilleure place et la garder. Au primaire toutes les petites filles avaient le même poids ou presque, elles avaient aussi la même grandeur, elles étaient petites comme moi et elles avaient aussi toutes la même voix, quand on criait ensemble dans la cour de l'école primaire ça faisait décoller les oiseaux en vrac, ça les chassait de leur socle comme une sirène d'incendie fait descendre les escaliers de secours. Pour certains adultes ça devait être agaçant, ces cris qui leur crevaient les tympans; étant aujourd'hui adulte je peux le dire moi-même, je peux dire que lorsque je rencontre dans le métro des attroupements de petites filles en sortie de garderie, que lorsqu'elles piaillent sans arrêt comme mues par l'impulsion de tout sortir dehors en un crescendo de petits cris, de faire savoir à la face du monde entier qu'elles sont en vie, je change immédiatement de wagon ; souvent leurs piaillements peuvent s'entendre à plusieurs wagons de distance, dans ces cas-là il faut renoncer à les fuir, il faut se replier en soi, il faut prendre le chemin de ses pensées. Quand j'étais petite et que ma mère criait, je sortais de la maison pour aller chez Marie-Claude, et quand elle n'était pas là j'allais me cacher sous le balcon en fer forgé de sa maison.

En plus de Marie-Claude comme meilleure amie j'ai eu un premier copain, il s'appelait Sébastien. En primaire j'ai eu une première peine d'amour, je m'en souviens comme si c'était hier, Marie-Claude en a vécu une aussi au même moment, c'est avec Nicolas qu'elle sortait ; Sébastien et Nicolas étaient les meilleurs amis, ils étaient des Dupond et Dupont au masculin. Si Sébastien m'a quittée, m'a-t-il dit, c'est parce que je n'arrêtais pas de l'insulter, au primaire je lui disais toujours qu'il était niais, ou plutôt je lui disais niaiseux, j'affirmais qu'il était niaiseux devant ses amis, c'était quelque chose que ma mère disait toujours à mon père depuis sa place attitrée à la table pendant les repas. À cette époque je ne savais pas que c'était une insulte, c'était un mot si souvent répété à la maison qu'il était devenu un prénom, pour moi c'était simplement une chose à dire à l'homme qui se trouvait en face de soi, la niaiserie était une alliance. J'ai eu beaucoup de chagrin quand Sébastien m'a quittée, c'était la première rupture de ma vie, ensuite il y en a eu des tonnes, toujours pour la même raison. Depuis que j'ai entendu ma mère déclarer niaiseux mon père à la table familiale l'amour passe par le mépris, chez moi le bon côté des choses a toujours été du même côté que le mauvais. Le jour qui a suivi le départ de Sébastien je me suis réveillée cernée, sans doute avais-je beaucoup pleuré pendant la nuit qui a suivi la rupture, sans doute n'avais-je pas bien dormi. Je me suis réveillée le lendemain matin avec de grands cernes bleus sous mes yeux bleus, sous mes yeux il y avait une mare de bleu et dans le bleu il y avait un creux ; pendant la nuit qui a suivi le départ de Sébastien mes yeux sont morts. Sous mes yeux morts le lendemain matin on voyait comme une petite cuvette, une demi-lune de bleu, c'était la punition pour avoir prononcé le mot de ma mère, c'était la pomme d'Adam croquée dans l'Éden. Dans ce mot il y avait l'âge avancé de la tradition familiale et il y avait dans cette tradition la niaiserie des hommes qui était innée, c'était une chose consentie depuis le début des Mercier. Aujourd'hui je peux dire que cette tradition des femelles Mercier devant leurs mâles en était aussi une d'insomnies passées à repousser l'amour ; quand on repousse un homme il faut garder les yeux ouverts et il faut d'abord le voir venir, surtout la nuit ; pour voir venir, la nuit, il faut rester à l'affût et ne pas dormir, il faut prendre sur soi le tour de garde complet ; chez les Mercier toutes les femmes sont cernées.

# LA HONTE

À l'automne 2007, Nelly Arcan est l'invitée vedette d'un talk-show très suivi de la télévision canadienne, pour la sortie de son troisième livre, À ciel ouvert. L'animateur plaisante avec insistance sur son décolleté, pas un instant il ne sera question d'elle comme écrivain. Elle s'est jetée de son plein gré dans la gueule du loup, elle le sait. Nelly n'oubliera jamais l'humiliation. Bien au contraire, selon un processus qui lui est habituel, elle en amplifie la brûlure au fond d'elle, la pousse à son paroxysme, seul moyen d'en dégager le sens.

## Dévisage

Le jugement du monde entier, reflété par son visage défait, s'était rabattu, ce soir-là, dans son décolleté.

C'était comme si, au creux de ses seins corsetés, s'était logée la plus vieille histoire des femmes, celle de l'examen de leur corps, celle donc de leur honte. Il y eut bien sûr des paroles prononcées par sa bouche fardée, un peu boudeuse, toujours maladroite, mais ces paroles tombées à plat ne firent pas le poids et sa maladresse, de corps, d'esprit, de sexe, réverbérée par son décolleté, n'eut d'autre résultat que celui de le mettre encore plus au-devant de la scène. Rien ni personne, pas même l'embarras du public qui encerclait le panel d'invités entièrement masculin, monolithe dispensé d'être une femme, donc un sexe, et tourné vers la grande question de la guerre, celle d'Irak, pas même la petite croix en or blanc qu'elle tenait dans le creux de la main au moment de l'entrevue, sous les pierres lancées du haut de l'homme debout qui l'interrogeait, n'aurait pu la disculper de son décolleté qui, ce soir-là, lui valut d'être dévisagée par une audience de deux millions de téléspectateurs.

« C'est une question de centimètres. Ton décolleté en avait deux ou trois de trop », lui affirma Diane quelques *[annotations manuscrites en haut : (1) confront (2) stand her ground (3) from the sacred height (4) whore's (5) trapped (6) before the masked man (7) stupidity (8) for its breadth and depth]*

jours après la diffusion de l'émission, inquiétée par la disproportion que prenait la détresse de Nelly qui ne voulait plus quitter sa robe, qui n'allait pas en sortir, de cette robe adjugée parfaite lorsque pendue sur un cintre, Nelly qui avait peint sa cuisine en vert pomme quelques années auparavant et qui avait aussi choisi sa voiture, une New Beetle, pour sa couleur verte, celle de l'espoir et des yeux maternels, elle ne la quitterait pas, sa robe, tant qu'elle ne lui aurait pas révélé une vérité claire et nette, la vérité dernière de son échec à tenir tête à l'homme debout pendant l'entrevue, sa défaite à se tenir droite sous les pierres lancées, depuis la grandeur sacrée de l'officier, sur son corps emputassé.

La robe et son décolleté devaient expliquer le spectacle de son visage piégé, captif de la caméra. L'assemblage des parties qui composaient son corps filmé devait expliquer la transparence impardonnable de son visage face à l'homme masqué, la bêtise de sa « contre-performance », comme on le rapporta dans les journaux le lendemain matin, et cette explication devait faire l'unanimité parmi ses amis, homme ou femme.

Son décolleté fut donc analysé par tout son entourage. Dans sa largeur, sa profondeur, son potentiel de ramassage, sa force de corsetage, ses différents angles. Pendant un mois le décolleté allait faire partie de la liste des événements à creuser, explorer, démystifier. Un décolleté, dans un monde rempli de décolletés, constatait Diane pour élargir le problème de Nelly à un ensemble social, faisait toujours, malgré sa formidable banalité, le tour du monde.

*[annotations manuscrites en bas : (9) collect and spill over (10) dig (11) stated]*

# LA HONTE

Les centimètres de Diane étaient le constat d'une
limite au-delà de quoi le décolleté n'était plus receva-
vable à la télévision, certes, mais plus encore ils étaient
une façon de parer à l'engloutissement de Nelly, qui
allait et venait en geignant dans son appartement
depuis des jours, faisant les cent pas dans sa cuisine
pomme, verte comme les prunelles de sa mère, à bout
de forces, ne mangeant presque plus et vomissant ce
qu'elle parvenait à manger, ouvrant et refermant pour
le geste d'ouvrir et de refermer la porte du réfrigé-
rateur derrière laquelle il n'y avait rien à voir, rien à
manger, du rabougri de pommes de terre, du racorni
de carottes et de pizza, du lait caillé, Nelly qui se
postait, poupée mécanique, devant le miroir de la
salle de bains, les bras allongés en crucifiée pour se
soumettre à son propre jugement, pour donner à voir à
son propre regard le plus large d'elle-même, ou encore
le corps légèrement penché vers l'avant, en Marilyn
Monroe, pour permettre au miroir de l'embrasser et
de lui rendre, sans compromis, sans déformation, le
point ombilical de sa honte, la tache aveugle de son
décolleté.

Nelly implorait Diane de lui donner l'heure juste,
et Diane ne souhaitait que donner à Nelly ce qu'elle
voulait, une lecture satisfaisante, cohérente, de son
image. En fournissant l'explication des centimètres,
en créant l'unité de mesure du décolleté raisonnable,
le décolleté n'était plus une faute mais un art à maî-
triser. Le décolleté entrait dans une logique faite de
paramètres et sortait donc de l'espace incertain des
interprétations. Regarder Nelly était une expérience

scientifique, empirique, de laquelle se dégageait la connaissance du décolleté.

Mais les centimètres en trop n'étaient, hélas, qu'un point de vue.

« Ce n'est pas le décolleté le problème, mais ton corps », jugea Caroline, une amie étrangère à Diane, au ton péremptoire, aux paroles impitoyables, donc forcément plus justes, dans les oreilles de Nelly.

« Une autre femme que toi, dans la même robe, n'aurait pas affiché ce décolleté-là. Tes seins sont trop gros, voilà tout. Ils ont cassé la sobriété de la robe qui, au fond, n'a rien d'exceptionnel, hormis la qualité de son tissu. C'est quand même un modèle classique. »

Caroline, habituée à la faiblesse de caractère de Nelly, la regardait avec lassitude, les bras croisés, les jambes allongées sur le divan, droite, distante, reculée par rapport aux choses extérieures. Elle ne comprenait pas pourquoi elle était allée se jeter, avec cette robe-là, avec cette coupe de robe-là crevée par ses seins, dans la gueule du loup.

« Si tu tiens à te pavaner davantage dans les médias, je te conseille de faire appel aux services d'un styliste. Quelqu'un qui puisse t'enseigner ce que tu peux te permettre de porter », laissa tomber Caroline, les bras toujours croisés, la jambe longue, impératrice.

Nelly vint vers Caroline mais Caroline posa sa tête bouclée sur l'accoudoir du divan en cuir pour ne plus avoir à regarder Nelly, absence de regard qui était une façon de l'humilier. Caroline fit durer cette humiliation comme on fait durer, les yeux fermés, la bouche concentrée, un fondant au chocolat.

Puis, après un long moment :

« C'est ton corps le problème, celui que tu as construit. Tu fais trop d'efforts. »

Chaque fois que Caroline lui parlait de son corps, Nelly sortait son corps de sa robe pour pendre sa robe à un cintre et l'observer avec objectivité, comme si c'était la première fois de sa vie qu'elle la voyait, comme s'il était possible qu'elle ne l'eût jamais vue, cette robe-là, dans sa matière noire et satinée. C'était en effet une robe honnête, une robe de soirée, une robe que toutes les femmes devaient pouvoir porter sans danger. Nelly remettait ensuite son corps dans la robe pour s'observer à nouveau dans le miroir et concluait que l'honnêteté de la robe était, en effet, entachée par son corps. C'était son corps qui explosait la robe, et non la robe qui lui décolletait le corps.

Ce verdict était terrible pour Nelly qui n'avait pas, comme la plupart des femmes, reçu son corps à la naissance, qui n'était pas sortie avec ces seins-là de sa mère, qui avait plutôt déboursé pour les avoir, ces seins-là, ainsi que bien d'autres parties d'elle-même. D'avoir dû payer en humiliation publique le fait de s'être offert un corps augmenta sa honte.

Chaque fois qu'elle repensait à l'émission, chaque fois qu'elle revoyait le visage haineux, autiste, inentamable de l'homme debout – et elle y repensait et elle le revoyait tout le temps –, le monde s'effondrait dans son esprit. Chaque fois l'effondrement prenait place sous forme d'une brûlure qui se répandait en prenant appui à l'intérieur d'elle, non loin du cœur, et qui l'empoignait entièrement, par l'intérieur. C'était insupportable

99

parce qu'elle devait ensuite reconstruire le monde en apaisant la brûlure, donc en faisant, encore une fois, le tour de ses amies pour y trouver un consensus. Qu'avait-on perçu d'elle? Que s'était-il passé? Qu'avait-elle fait pour mériter ce traitement? Elle ne le sut jamais, et c'est de cette absence de consensus qu'elle devint folle.

La folie émergeait du chaos d'un monde sans définition. La folie provenait de la grimace des choses connues qui échappent soudain, du mensonge du monde sur l'indestructibilité de ses fondements. L'indestructibilité des fondements du monde appartenait à Dieu, qui échouait à les garantir, et qui en devenait indigne. La folie était un monde dont le Créateur se montrait indigne.

Il semblait à Nelly que Diane et Caroline avaient toutes deux raison: le décolleté plongeait quelques centimètres trop loin et ses seins étaient trop gros. Cette contiguïté était un problème. Que Caroline et Diane puissent avoir raison et défendre chacune une vision différente désespérait Nelly parce que l'échec de leur vision à être unique indiquait que ces visions pouvaient exister en nombre illimité et ouvrir encore plus la béance de son décolleté en ne s'excluant pas. Au contraire, elles pouvaient se superposer les unes aux autres, s'accumuler sur elle comme autant de couches de honte. La perspective de visions divergentes, mais compatibles, la sensation d'enveloppement par les jugements dispersés des autres, la rendaient coupable au-delà de tout, imbécile, disjointe.

« Tu n'apparaissais pas comme ça à l'écran. On dirait que tu portes une robe différente de celle que tu portais à l'émission », affirma Mélanie quelques jours après que Diane et Caroline se furent prononcées.

« C'est drôle. Je te regarde dans ta robe et sur l'écran tu n'étais pas pareille. C'est la caméra qui grossit. C'est peut-être aussi le cadrage qui t'a amplifiée, toi et tes seins, toi et ton décolleté. »

En parlant ainsi Mélanie empoignait les épaules de Nelly, la déplaçait à travers l'appartement pour la détailler sous différents éclairages, la faisait pivoter avec les mains. Pendant que Mélanie la maniait, Nelly tentait de déchiffrer le plissement quadragénaire, les sillons préoccupés du front de Mélanie qui, de son côté, promenait son regard dans le décolleté de Nelly.

« C'est la caméra qui grossit, parce que là, au moment où je te regarde, tu es parfaite dans ta robe. Rien à redire. »

À ces mots Nelly sentit un léger soulagement. Le choix de sa robe, achetée la veille de l'enregistrement de l'émission, avait été judicieux. Ce n'est que dans l'œil déformant de la caméra que ce choix s'était révélé erroné.

Mélanie était bonne. Oui, elle était gaie mais qu'elle aimât les femmes ne voulait pas dire qu'elle fût incapable d'être objective devant une autre femme. Cela voulait seulement dire qu'il y avait, dans son regard, moins de risques. Les risques étaient dans la vérité dite par cruauté. Les risques étaient d'hypocrisie. Pour la première fois depuis une semaine où Nelly n'avait quitté sa robe que pour se mettre au lit, où tout son quotidien avait cessé d'exister, elle se détendit et laissa ses yeux se remplir d'eau, puis elle laissa l'eau sortir de ses yeux, couler en rigoles sur ses joues et tomber, suivant le rythme d'un compte-gouttes, dans son décolleté.

« Merci, Mélanie. Tu es gentille. »

De la gentillesse, c'était tout ce qu'elle demandait au monde. De la gentillesse et de l'indulgence. Mais le monde préférait réglementer et punir.

« Enlève cette robe, je t'invite au restaurant.

– Non. Je ne veux pas me montrer en public. Pas encore.

– C'est déjà oublié, personne n'y pense plus.

– Moi, je n'ai pas oublié. »

Comme la plupart des amis de Nelly, Mélanie ne savait plus quoi lui dire. Les conséquences d'une discussion étaient imprévisibles. Trop en dire pouvait tourner en cercle vicieux, celui du rattrapage des mots en trop auxquels on devait ajouter d'autres mots. Il fallait réfléchir. Il fallait choisir les bons mots, mais les mots, même bons, n'étaient jamais, pour Nelly, les bons mots. On ne pouvait rien dire à Nelly qu'elle ne retournât, à un moment ou un autre, contre elle. Si on lui disait : « Tu as été bien », Nelly répondait : « Ce n'est pas vrai, je n'ai pas été bien ! » Si on lui disait : « Tu n'as pas été bien », elle répondait : « J'ai été pire que pas bien, j'ai été mauvaise, ridicule, pitoyable ! » Si on lui disait : « Tu as été mauvaise, ridicule, pitoyable », elle répondait : « Comment oses-tu me dire une chose pareille ? Dis-moi que c'est faux ! Jure-moi que c'est faux ! » Mais Nelly se soumettait toujours au pire en concluant, après qu'on lui eut dit, et même juré, qu'elle n'avait été ni mauvaise, ni ridicule, ni pitoyable : « Non, c'est vrai. C'est vrai que j'ai été pitoyable, ridicule, et mauvaise. »

102

Son insatiabilité quant à la perception que le monde avait d'elle en faisait une femme insupportable de doutes, et densément malheureuse. C'est ce qu'elle appelait sa perversion des yeux.

Et jamais, de sa vie, Nelly n'avait autant été vue que ce soir-là, pendant cette émission où l'homme debout avait décidé de laisser tomber sa puissance de terrassement sur elle. Elle ne s'y attendait pas car l'homme debout avait, dans le passé, montré du respect pour son travail. Il avait déjà parlé en bien de ses livres qui s'élevaient, avec le dernier – pour lequel elle avait été invitée à l'émission –, au nombre de trois. Ce respect, croyait-elle, serait garant d'une entrevue qui se tiendrait, qui la préserverait des coups. Elle avait eu tort. Nelly avait eu tort de s'appuyer sur un respect ancien pour faire le choix de s'exposer devant un si large public. Fonder un choix sur un sentiment humain tel que le respect, peut-être le plus versatile de tous, était risqué. Le respect pouvait arriver et repartir sans préavis. Et le respect avait quitté l'homme debout quand Nelly était apparue sur le plateau, dans sa robe. Le vent avait tourné lorsqu'elle s'était présentée à lui avec le décolleté. Dans le règne animal le moindre signe corporel devenait langage, signal d'alarme, cape rouge brandie devant le taureau forcé de charger.

Depuis, elle traînait les deux millions de téléspectateurs avec elle et ils n'en finissaient pas de la juger, de rire, de la trouver risible, par-delà l'émission, par-delà l'homme debout, qu'elle appelait le pou. Elle détestait que sa tête puisse contenir autant de gens. Elle détestait pouvoir imaginer des regards sur elle qu'elle n'avait même pas vus. Ces regards la déshabillaient en même temps qu'ils rejetaient sa nudité. C'était ça, l'humiliation, être dévêtue et repoussée sans même avoir été prise, être impropre à la consommation, malgré l'offrande.

Toutes les questions avaient un noyau de haine.

« On dit que dans les entrevues vous parlez davantage de vos photos que de littérature. »

La haine contenue dans ces questions lui entama le visage, qui s'ouvrit comme un livre où son âme s'était donnée à lire, péché télévisuel entre tous. Être lue en dehors du jeu, en dehors du théâtre, en dehors du cinéma, revient à être humiliée, à laisser échapper de soi les articulations de la décontenance derrière l'opacité, l'aristocratie du masque social.

Elle perdit la face, tandis que son décolleté remontait à la surface.

« Au mois de septembre de l'an 2001, vous avez dit que, dans le monde, il y avait d'un côté les putes et de l'autre les larves. Avez-vous peur de devenir une larve ? »

Nelly était donc une pute, et bientôt son âge ne lui permettrait plus de l'être. Elle deviendrait alors une larve. Il n'y avait rien à répondre à cela. Et les questions se suivaient, pareilles dans leur intention d'écrasement, où se trouvait toujours en jeu son effronterie à affirmer des choses qu'elle ne pensait pas, car elle ne savait qu'écrire. En dehors de ses livres, elle ne valait rien. Elle n'était sûre de rien. La signification ne prenait sa pleine valeur que sur le papier. La signification n'était bienvenue, et bien reçue, que sous l'astiquage de ses phrases effrontées. À l'extérieur, elle livrait mal la marchandise, elle souffrait de désorientation. À l'extérieur, le monde n'avait jamais grand sens.

Sous les commentaires comme une mitraille elle avait serré la croix en or blanc, symbole religieux ostentatoire qui lui faisait mal à la paume. Mais cette douleur de la paume écorchée n'était rien comparée à sa honte. La paume était comme une douleur de cour d'école où les genoux d'enfants saignent, elle était circonscrite dans le temps et dans l'espace. Ce que Nelly ressentait à présent n'avait plus ni temps ni espace. Ce qu'elle ressentait n'avait pas de contours, sa honte n'appartenait plus au monde palpable, observable, des choses qui existent. Ce dont elle souffrait faisait partie des choses que l'on ne connaît pas. Elle souffrait de ce que l'on ne peut pas savoir. Elle aurait aimé croire en Dieu pour que Dieu se charge de savoir ces choses-là à sa place, pour qu'Il évacue la question de sa propre existence, pour qu'Il trouve un rôle, et donne une valeur à sa douleur.

Les souvenirs de l'émission étaient brutaux, et nombreux. À un moment elle vit les regards durs des autres invités et elle sentit le silence traversé par la voix nasillarde de l'homme debout, la cristallisation du petit public autour d'elle, que l'on invitait d'une pancarte à applaudir ou à rire. Certains moments clés s'étaient fixés en elle comme le lieu d'un grand mystère. On eût dit que, si elle arrivait à en tirer un sens, elle serait désormais à l'abri de tout. On eût dit que ce sens-là, caché, mais à portée de main, avait déplacé le centre de gravité de ses pensées vers lui.

Nelly continuait à pleurer en silence, assise sur son divan en cuir, à l'endroit même où Caroline l'avait jugée. Mélanie ne manipulait plus Nelly, elle parcourait plutôt l'appartement, en découvrait le délabrement récent : mégots de cigarettes, vaisselle sale, cheveux, poils, poussière, vêtements éparpillés. Elle qui écrivait des discours pour des politiques depuis quinze ans savait à quel point l'image prenait toujours le pas sur les mots à la télévision. Elle savait que les mots devenaient aussi spectacle de la vue. Les mots devenaient expressions faciales, allures, tonalités. Stridence, bégaiement. Qu'une image vaille mille mots n'était pas tout à fait juste. Il fallait plutôt dire qu'une image pouvait anéantir mille mots en faisant d'eux des particules sonores d'agressivité, de triomphe, de soumission, des onomatopées, des mots de grands singes. L'homme debout en était un et il se grattait le pou, le pou qui se faisait valoir sporadiquement, qui tenait son rôle de pou, en périphérie, prenant de temps à autre le centre par quelques claquettes pour retomber ensuite, jusqu'à la prochaine gigue, dans l'ombre du grand singe.

« Si tu veux on peut regarder l'émission ensemble sur le site de Radio-Canada, avança-t-elle. Pour que tu puisses te rendre compte par toi-même de ce qui s'est passé…

– Non ! Pas ça ! Jamais ! »

Nelly qui voulait tout savoir ne voulait, d'autre part, rien savoir. Son désir de vérité rencontrait la résistance de son désir de fuir devant la vérité. Elle était ainsi, séparée.

« Prends au moins une douche, tu pues. Pendant ce temps je vais te cuisiner quelque chose. »

Nelly, surprise par cette remarque qui l'aurait blessée dans d'autres circonstances, prit conscience que pour la première fois de sa vie elle ne se souciait pas de son odeur. Sa mère y aurait vu une décomposition, le spectre de la sénilité, et son père l'apprentissage de l'humilité, du dépouillement du corps vers la clarté spirituelle.

« Je n'ai pas faim.

– Il faut que tu manges », ordonna Mélanie qui, malgré tout, malgré elle, comprenait Nelly. Si elle avait été à sa place, elle aurait craqué et peut-être même perdu toute retenue en pleurant. Le visage de Nelly s'était décomposé, sa parole avait achoppé, mais au moins elle n'avait pas pleuré.

Après que Mélanie se fut assurée que Nelly était bien sous la douche et non plus dans sa robe, elle mit la main sur la robe, écrivit une note pour dire qu'elle sortait chercher de la nourriture avant de revenir cuisiner pour elle, descendit jusqu'à sa voiture avec la robe, se rendit à son propre appartement, cacha la robe chez elle et regagna l'appartement de Nelly.

Nelly n'y était plus.

# Holt Renfrew

Sur le boulevard de Maisonneuve, le trafic était dense,
surchauffé par le soleil de septembre qui ne se plierait
jamais à l'humanité et à ses désirs de tempérance, à
ses besoins de cadres, aux paramètres de sa biologie
menacée. Le Soleil n'avait pas de comptes à rendre,
car il était le Soleil. Il donnait la vie, il donnait aussi
la mort. Sa position verticale lui permettait tout. Sa
hauteur plombait sur la misère des hommes. Un jour
le Soleil exploserait, mais ce jour-là n'était pas proche.
Si Nelly avait été le Soleil, et s'Il avait brillé, pendant
l'entrevue, sur les invités comme un monolithe, sur les
consciences sociales tournées vers la guerre en Irak ou
en Afghanistan, Nelly ne savait plus, l'homme debout
n'aurait eu qu'à bien se tenir ; du reste, pour ne pas
périr sur place, flammèche, poudre, flash, il eût dû se
pencher bien bas devant Lui. L'homme debout eût été
forcé de changer d'air, en descendant de ses grands
chevaux, en descendant de son grand singe. Car le
royaume du Soleil s'étendait bien au-delà de lui.

C'était l'achalandage du midi où les employés de
bureau sortaient, en masse, se nourrir, et cette faim qui
se répandait dans les rues du centre-ville, en laquelle
Nelly aurait dû se reconnaître, lui paraissait au contraire

étrangère, lointaine, incompréhensible. Avoir faim venait d'ailleurs, d'un monde auquel elle n'appartenait plus. Les innombrables chantiers bornés de larges cônes s'interposaient entre elle et son but, l'obligeaient à emprunter des détours qui échouaient sur d'autres chantiers où des hommes, qui étaient *les hommes de la construction*, souvent stoppés par la démarche géante de leurs machines, ou en pause cigarette, pouvaient voir passer sa New Beetle pomme verte, son air alarmé derrière le pare-brise, ses cheveux mouillés, ramassés en vitesse derrière sa tête par un élastique. *Les hommes de la construction* pouvaient constater et commenter sa conduite désordonnée par un retard ou une urgence. Nelly se sentait en effet comme prisonnière d'une ambulance sans phares, sans sirènes, sans moyens de fendre le trafic qui bloquait son passage comme la main de Dieu avait fendu la mer Rouge de Moïse. *Les hommes de la construction*, qui envahissaient la ville et qui voyaient, il n'y a pas si longtemps, une bimbo à bord d'une New Beetle, ne voyaient plus qu'une enragée. La bimbo n'était qu'une surface placardée sur sa fêlure d'âme qui, à présent, montrait les dents.

Elle était égarée par la proximité de son but mais surtout par la possibilité que ce but lui échappe à jamais, qu'elle doive mourir sans l'avoir touché. Bien qu'une part d'elle-même désirât mourir sur-le-champ, elle voulait aussi que cette mort attende son heure. L'heure sonnée avant la mort était essentielle à la mort. Sinon l'âme restait prisonnière des lieux, cela avait été prouvé, l'âme errait éternellement à la recherche d'une justice, d'un règlement, l'âme cherchait dans la mort sa véritable fin sans la trouver, et elle était forcée de côtoyer la matière du monde sans même pouvoir en jouir, sans même pouvoir s'en faire voir. Son âme à elle serait en peine dans les environs de Holt Renfrew, peut-être même après que Holt Renfrew se serait déplacé par exemple à Toronto, et sans que Holt Renfrew consente à aucun moment à lui ouvrir les portes menant à son salut, donc à sa robe.

Elle n'en voulait pas à Mélanie d'être partie avec cette robe, non, mais elle avait la conviction qu'il lui serait plus facile, et plus rapide, d'en acheter une autre, pareille, nouvelle mais pareille, de la même taille, même couleur, même satin, nouvelle mais identique – deux robes valaient mieux qu'une quand on se trouvait dans sa situation –, plus facile que de négocier son retour. Pour cela elle aurait dû parler avec Mélanie, amener des arguments comme cette sensation de se décomposer ou d'avoir une peau sur le point de s'envoler, de se désagréger en bulles montantes, arguments irrecevables pour une personne intègre, indécomposable, et ensuite discuter, entendre les raisonnements de Mélanie qui, même s'ils étaient réconfortants, ne demeureraient que des raisonnements et non un miracle. Les paroles de Mélanie lui avaient fait du bien mais maintenant c'était un miracle que Nelly attendait.

Une fois sortie de la douche elle sut tout de suite que sa robe était partie avec Mélanie. Elle comprit sans l'avoir lue que la note écrite de la main de Mélanie posée sur le comptoir de la cuisine ne lui rendrait pas sa robe. D'un claquement de doigts elle s'habilla d'un

111

T-shirt gris et d'une jupe en jeans, se noua les cheveux mouillés d'un élastique derrière la tête, s'appliqua une couche de fond de teint en vitesse, mascara, gloss, se refusa une séance d'examen pour s'assurer que fond de teint, mascara, gloss parvenaient à lui rassembler la face. Elle renonça à téléphoner chez Holt Renfrew pour qu'on lui confirme si oui ou non le modèle qu'elle avait acheté était toujours en stock, car elle voulait imposer sa présence physique à la vendeuse jusqu'à lui soutirer son dû, elle voulait s'imposer comme un matériau sur lequel il était impossible de raccrocher la ligne. Dans sa New Beetle, Nelly n'était plus dans sa robe et c'était comme si son corps s'échappait aussi d'elle, et de la voiture, comme une vapeur. Depuis elle sentait une absence terrible comme la mort d'une mère.

Sur Maisonneuve, au coin de Crescent, il y avait un embouteillage provenant du sud, du nord, de l'est, et de l'ouest, comme si, à cet endroit précis de la ville, un magnétisme quelconque et souterrain appelait les carcasses d'aluminium, dans une circonférence d'un demi-kilomètre. Une succion de métaux lourds vers le noyau de la terre prenait place à l'endroit même où Nelly voulait enfin trouver la paix, la lumière au bout du tunnel. Holt Renfrew était à quelques pas seulement, à deux ou trois coins de rue. Pendant un court moment Nelly eut envie de sortir de sa voiture, de la laisser là, en plan, et de marcher jusqu'à la rue Sherbrooke entre les voitures immobilisées, s'extirpant de la gueule du noyau de la terre, mais elle comprit qu'en voulant s'en extirper elle attirerait l'attention.

La perspective d'être reconnue l'en empêcha. Elle eut conscience, peut-être pour la première fois de sa vie, que les autres n'existaient plus que dans cette perspective, qu'ils la reconnaissent. On ne la pointerait pas du doigt comme folle mais comme folle connue du grand public, et le grand public, dispersé dans les voitures adjacentes, la verrait d'abord, puis la reconnaîtrait comme Nelly ; à ce moment de la reconnaissance le décolleté qui avait fait parler d'elle replongerait sur elle, pour l'en recouvrir. Le verdict du décolleté déplacé s'abattrait à nouveau sur elle par la reconnaissance des autres. Encore la honte, cette part d'humanité qui seule la liait aux autres. En femme décomposée mais non dépourvue d'intelligence, elle comprit que sa honte était précieuse et qu'il fallait donc la garder, la serrer contre elle, car c'était peut-être grâce à elle, à cette honte, que le monde autour n'avait pas encore tout à fait sombré.

Elle tenta de se détendre un peu dans sa New Beetle, fit un effort pour se contenir, pour élaguer ses pensées, pour se donner un air d'aller, tranquille, dolent, comme si sa vie n'était pas en danger. Elle alluma la radio, s'arrêta sur CHOM FM, *the spirit of rock*, et entendit David Bowie qui chantait *Fame*. Nelly n'aimait pas *Fame* de David Bowie, elle eût préféré que ce soit *Major Tom*, ou mieux, une chanson de groupes rock tels Kiss, Mötley Crüe, Def Leppard. À certains moments de la vie les vieilles chansons rock qui parlaient de femmes nues et de fêtes sans fin étaient nécessaires. Et il n'y avait rien comme les années 80 pour égayer une voiture dans un bouchon de circulation. Après *Fame* de David

Bowie vint *Gimme all your lovin'* de **ZZ** Top et Nelly monta le volume jusqu'à ce que l'intérieur de sa voiture ne soit plus qu'un bloc sonore compact.

Elle pensa à son père et à sa mère. Son père et sa mère avaient été de bons parents. Elle avait été une enfant aimée. Alors quoi ? Elle avait été mieux que bien nourrie. À partir de l'âge de cinq ans elle était toujours occupée à quelque chose, elle avait pris des cours de piano, de dessin, de claquettes, de flûte traversière, d'accordéon, de patinage artistique, elle était première en classe et avait été présidente de ses classes à l'école primaire, elle avait montré du talent dans tout ce qu'elle faisait. Sauf dans le sport, sauf sur patins où elle se retrouvait toujours en fin de classement dans les compétitions régionales, à cause de sa petite constitution qui échouait à se propulser dans les airs. Elle était amoureuse de Denis, son professeur de patinage qui lui faisait faire des figures en grands cercles, des pirouettes et des flips malgré son *no futur* dans le patin. Mais peu importait car ailleurs elle était remarquée. Alors quoi ? Elle avait été une enfant pleurnicharde. Pourquoi ? Elle pleurait tout le temps pour des riens. Et ces riens vus de l'extérieur étaient tout pour elle. Pourquoi ? Un jour elle avait calculé, vers les huit ans, qu'elle pleurait en moyenne quatre fois par jour. Souvent au moment où la visite venue remplir la maison la fin de semaine partait le dimanche soir, ou lorsque son professeur de piano, une religieuse octogénaire – qu'elle devait saluer *Bonjour Mère, au revoir et merci Mère* –, haussait le ton, ou lorsque ses amies la blessaient d'un mot. Elle pleurait parfois le

soir quand elle imaginait sa maison incendiée dans
laquelle on retrouvait ses ossements noirs. Elle pleurait
partout et tout le temps comme des envies de pisser et
sa faiblesse n'avait jamais été punie, voilà tout. Mais
comment en être sûre ?

Le père et la mère. La force et l'attente. Son père
qui était croyant avait aussi été un homme d'affaires
efficace, un homme qui avait monté, à partir de rien,
une entreprise qu'il avait baptisé *Taurus*, et qui n'avait
jamais hésité à prendre la route d'un bout à l'autre du
Canada et même des États-Unis pour faire le commerce du cuir, tout en continuant de croire en Dieu.
Il vendait du cuir à des fabricants de vêtements pour
des motards ou des pilotes de voitures de course et
Nelly avait souvent examiné, petite, fragile, ces échan-
tillons de cuir de différentes textures et couleurs, qu'il
appelait ses sacerdoces, et ses dessins de modèles de
vestons ou de pantalons faits à la main, comme un
designer de mode, qu'il appelait ses icônes. Le père
Dieu. Le père Motard, Vitesse. Son père était riche.
Son père partait souvent de la maison mais ce n'était
pas une raison. Tous les pères partaient souvent car
ils étaient restés malgré les millénaires des chasseurs,
des conquérants, des violeurs. Ce n'était pas là la vérité
mais une histoire que les anthropologues racontaient
au monde moderne. Les anthropologues faisaient mal
leur travail, ils faisaient de la mythologie sans l'avouer
publiquement. Les anthropologues comme les géné-
ticiens avaient besoin du financement de l'État pour
inventer l'origine de l'humanité, son goût du sang et
son vagabondage sexuel. Au fond, si les pères partaient

toujours et souvent, ce n'était pas parce qu'ils étaient des guerriers mais parce que les femmes consentaient à rester. Si les femmes avaient choisi de partir avant les hommes, les hommes n'auraient eu d'autre choix que de partir à leur recherche, emploi du temps qui aurait laissé peu de place à leurs guerres et conquêtes. L'évolution des sociétés sur terre aurait été autre. Tous les peuples, fondamentalement nomades, se seraient déplacés pour la reproduction en suivant de grands courants comme les courants marins.

En effet, quand son père partait, sa mère restait. Dans la maison Nelly n'avait jamais manqué de rien, elle avait disposé d'une petite chambre aux murs jaunes pendant l'enfance puis de la même petite chambre aux murs blancs recouverts de posters de vedettes rock pendant l'adolescence. Dans ses souvenirs il y avait beaucoup de téléromans, sa mère les suivait à peu près tous. Quand elle ne pouvait en regarder deux à la fois elle en enregistrait un et le regardait ensuite, elle remplissait ainsi ses soirées et ses fins de semaine d'histoires d'amour, de drames et trahisons, d'intrigues à suivre, elle menait une vie traversée par des événements extraordinaires mais à l'abri de tout, à commencer par les efforts, l'énergie et le temps qu'exige l'extraordinaire. Sa mère se gavait sans jamais être envahie. Sa mère était une maison remplie mais aussi une maison fermée. Sa mère Maison. Dallas. Sa mère Sue Ellen. Sa mère Dames de cœur. Sa mère toujours disponible sur le divan mais accaparée par l'écran de la télévision, et sur le corps de laquelle Nelly s'endormait, le soir, l'âme en paix. Dans ses souvenirs il y

116

avait aussi des images de sa mère en train de faire le ménage, un chiffon à la main. Un jour la mère avait engagé une femme de ménage qui aidait la mère à faire le ménage. La mère nettoyait et donnait ses ordres à la femme de ménage qui obéissait en nettoyant selon la méthode maternelle. Le lavage trimestriel des tapis de la maison avec un appareil qui faisait du bruit comme une tondeuse, de l'eau qui en sortait grise et savonneuse. Le foisonnement de plantes vertes et de fleurs qui garnissaient toutes les pièces et qu'il fallait sans cesse arroser. À tout bout de champ une plante pouvait mourir desséchée par manque de soins. Le bruit sourd de l'aspirateur central qui ressemblait à un long serpent beige, l'odeur des désinfectants, la façon de faire son lit, en tirant les draps sous le matelas. Sa mère Propre. Et puis après ? Il est vrai que Nelly rêvait souvent, la nuit, qu'elle oubliait d'arroser ses plantes vertes, négligées pendant des mois, voire des années, qu'elle retrouvait pendantes, jaunes, souffrantes. Cela ne voulait pas dire grand-chose.

Trop longtemps, pendant trop d'années, Nelly avait dormi dans le lit de sa mère, avec elle, chaque fois que son père était absent. Elle aimait dormir dans le lit de sa mère car cette présence la protégeait des menaces fantomatiques, malveillantes, de l'enfance, à tel point que parfois elle avait souhaité le départ du père. La nuit elle était le mari de sa mère en occupant le côté droit du lit. Alors c'était peut-être pour cela qu'elle avait confondu dans son esprit l'ordre de grandeur des membres d'une famille ?

117

Puis à l'adolescence vinrent les hormones, l'acné, les poils, la perte des cheveux de moins en moins blonds, la disgrâce de son origine génétique, qui laissa inexorablement se développer, en haute définition, le nez en poire de son grand-père, la peau couperosée et les lèvres minces de sa mère, les cheveux crépus de son père. À la puberté Nelly devint un corps. Son angélisme fut frappé des marques diaboliques d'une loterie perdante, comme l'alignement des planètes de Caroline, qui croyait en l'astrologie et aussi en la voyance. Les imperfections des deux lignées génétiques, maternelle et paternelle, s'étaient donné rendez-vous sur sa personne pubère, avaient attendu ses douze ans pour éclore. Nelly abandonna successivement le patin, puis le piano, puis se retira de toutes les activités qui n'étaient pas ses études. Elle s'enferma dans sa chambre pleine de musique rock, de heavy metal, où, un casque d'écoute sur les oreilles, elle imaginait qu'elle était un homme, tous les chanteurs rock. Elle enviait les adolescentes qu'ils baisaient, et qui s'amassaient, hurlantes, suppliantes, autour d'eux.

De penser à son enfance, père et mère confondus, fit du bien à Nelly, même si elle ne trouva aucune réponse dans la remémoration de ces faits préhistoriques. Le passé ne guérissait rien du tout, n'expliquait rien du tout. Au contraire, le passé jetait de l'huile sur le feu du présent par des dépenses inutiles d'énergie, par un excès d'investissement en terrain sinistré. Le passé était une mystification dont il fallait sortir pour se maintenir l'esprit sain. Il fallait plutôt regarder devant et se projeter dans l'avenir. Il fallait repousser les mauvaises pensées pour garder espoir dans le futur. Il fallait se mettre en action et toutes ces choses-là. Nelly se projeta donc dans l'avenir et se vit dans sa robe, projet d'avenir qui la replongea sur le plateau de l'émission où elle avait été humiliée.

Pendant deux mois elle avait préparé cette émission, avait failli annuler au moins dix fois sa participation. Souvent elle et son attachée de presse avaient pesé le pour et le contre d'une telle apparition, les risques et les gains. Elles avaient conclu que le jeu en valait la chandelle, au niveau des ventes du livre Puis Nelly s'était entraînée, le corps et aussi la tête, avait pensé et répondu à toutes les questions probables et improbables. Mais la formulation de questions et de réponses n'avait rien à voir avec l'expression d'un visage, le ton d'une voix, la stature du grand singe rivé à la dérision nasillarde, inscrite sur des petits cartons, qui lui était adressée de façon personnelle, ciblée.

« En 2004, vous avez affirmé, lors de votre passage aux *Francs Tireurs*, que votre seul but, quand vous sortiez dans les bars, était d'être regardée par les hommes. Que faites-vous quand vous sortez dans un bar et que les hommes regardent une autre femme ? »

Cette pierre lancée l'écorcha, en la couvrant de ridicule. Nelly ne sortait plus dans les bars depuis des années et elle n'avait qu'un souvenir flou de son passage aux *Francs Tireurs*, étant fortement médicamentée à cette période de sa vie où elle ne cessait de faire des allers-retours entre son lit et les urgences psychiatriques de Montréal. Elle se souvenait toutefois d'y être allée en béquilles, et d'avoir glissé dans la neige

en sortant du taxi devant la porte du studio d'enregistrement. Ses béquilles inadaptées aux hivers canadiens qui devaient supporter une cheville cassée et
plâtrée étaient parties des deux côtés, le chauffeur de
taxi était venu l'aider à se relever. Nelly avait chuté de
sa pendaison. Elle était tombée en bas de l'élastique
auquel elle s'était pendue, qui n'avait pas supporté le
poids de son corps qui faisait des bonds et se secouait
comme un damné.

Ce qui était arrivé à la télévision était pourtant à
prévoir. Du panel, elle était la seule proie possible. Sur
le plateau se trouvaient deux humoristes adulés, l'un au
sommet de sa carrière et l'autre à la fin, un journaliste
canadien kidnappé au Moyen-Orient et relâché sain
et sauf, héros du jour, sans compter le pou. Tous gar-
daient un silence qui était une abstention, une façon
de la laisser seule se démerder, un silence qui était une
extension du silence du public amassé autour d'eux.
Ce traitement était injuste mais la justice n'appartenait
pas à la télévision. D'ailleurs la justice n'existait pas
car elle était une affaire de points de vue et de pouvoir
central. La justice arbitraire n'était justice réelle que
par hasard.

La question stupide demandait en retour de l'esprit,
mais l'esprit l'avait désertée au profit de son visage
filmé qui souffrait. Avait-elle répondu quelque chose ?
Oui, mais elle ne savait plus quoi.

Dehors les voitures se distançaient peu à peu, se sépa-
raient les unes des autres, recommençaient à rouler
normalement dans toutes les directions. Le trafic s'était
désengorgé et la ville avait repris forme humaine. Nelly

constata qu'elle était presque arrivée à destination et qu'il lui faudrait se garer au plus vite. Par une chance extraordinaire une voiture quitta l'espace de stationnement juste en face de l'édifice Holt Renfrew où deux portiers faisaient le guet de chaque côté d'une porte tournante, saluant les clients qui entraient et sortaient avec une démarche fluide, en une file indienne, féminine et bourgeoise. Anglophone.

Dès qu'elle mit le pied à l'intérieur de l'édifice elle s'apaisa. Elle était chez Holt Renfrew et sa robe était au chaud, à portée de main. Son modèle classique permettait de supposer qu'elle serait toujours disponible sur place ou sur commande, qu'elle perdurerait à travers les années, peut-être une décennie.

Comme pour faire durer l'apaisement Nelly traîna au premier étage pour jeter un œil, à la ronde, sur la panoplie des fards, parfums, crèmes autobronzantes ou hydratantes. Autour, l'omniprésence d'affiches où des beautés surréalistes, colorées tels des oiseaux des îles, la fixaient, depuis leur supériorité, de leurs regards qui étaient autant d'invitations à les regarder, à se projeter en elles, à leur ravir leur place de reines par le biais de cosmétiques. Elle en fit le tour en sachant qu'elle n'achèterait rien, observant à la dérobée les vendeuses derrière leur comptoir qui l'observaient aussi, et qui avaient retrouvé leur existence autonome, sans lien direct avec la sienne, qui n'avaient rien en commun avec elle à part le sexe qu'elles partageaient et le commerce rattaché à ce sexe. Ces femmes anglophones ne la connaissaient pas, elles la voyaient comme une inconnue et le soulagement de Nelly s'en trouva augmenté. Elle eut faim. Après un long moment à savourer le retour de la réalité extérieure au travers de son estomac, elle se laissa porter par l'escalier roulant jusqu'au troisième étage où elle se surprit à fredonner *Gimme all your lovin'* de ZZ Top. Le deuxième étage apparut, celui des chaussures et des fourrures, qui obéissaient, exposées, à un ordre étudié. L'ensemble des lieux était d'un luxe écœurant mais Nelly aima cette débauche parce qu'elle lui rendrait la santé. Arrivée au troisième elle se dirigea vers l'inscription Dolce & Gabbana où se trouvait la collection de vêtements incluant sa robe. La vendeuse qui l'avait servie n'était pas sur les lieux. Nelly chercha la robe des yeux et la trouva sur un mur, à l'endroit où elle l'avait découverte une semaine auparavant, mais elle remarqua que la robe était différente, car bien trop grande, de deux tailles au moins au-dessus de la sienne. Surtout il ne fallait pas paniquer. En unique cliente de l'étage, Nelly s'installa sur un divan duveteux où elle pouvait lire les insignes Chanel, Gucci, Versace, Christian Dior. Chaque section était petite et abritait peu de vêtements, dépouillement qui indiquait, encore une fois, le luxe pourri des femmes aisées, de bon goût.

Puis la vendeuse sortit du domaine Chanel dans un tailleur Versace, pour entrer chez Dolce & Gabbana. Elle avait l'allure italienne, la quarantaine, femme brune, belle et bien mise. Elle vit Nelly et la reconnut comme cliente ayant récemment acheté une Dolce & Gabbana. Elle s'avança vers elle et la reconnut une deuxième fois, comme invitée défaite pendant une émission de télévision à grande audience. À ce moment

Nelly se souvint avec horreur qu'elle avait parlé à la vendeuse de son passage imminent à l'émission et que la vendeuse lui avait répondu qu'elle ne manquerait pas de la regarder, pour voir l'effet de la robe à l'écran. Elle n'y avait pas manqué.

Cette double reconnaissance lisible dans les yeux de la vendeuse qui fuyaient vers le haut, et dans le recul involontaire de son corps, était épouvantable pour Nelly qui y répondit en baissant les yeux, pour ne pas voir les yeux fuyants de la vendeuse, épouvantable également pour la vendeuse qui ressentit à nouveau le malaise qu'elle avait éprouvé en étant le témoin d'une humiliation vécue dans une robe qu'elle avait vendue.

« Bonjour. J'ai acheté il y a une semaine une robe. Dolce & Gabbana.

– Je m'en souviens parfaitement. »

Le regard de la vendeuse s'était fixé sur le front de Nelly, et Nelly savait que ce regard décryptait, sur la surface du front, l'image vue à la télévision mais aussi la pauvreté des vêtements qu'elle portait plus bas, jeans et T-shirt vieux de plusieurs années, assortis d'un sac à main de toile usée. Son regard plaqué au front interrogeait l'écart entre la Dolce & Gabbana une deuxième fois désirée et l'allure de Nelly qui n'avait pas les moyens de la place. De l'autre côté, le regard de Nelly sautait d'un objet à l'autre, d'un mannequin à un blouson, du tailleur de la vendeuse au reflet d'un miroir où l'on pouvait apercevoir la partie inférieure du mannequin, circuit inépuisable d'objets qui se renvoyaient la balle. C'est ainsi que s'amorça un échange

123

entre les deux femmes séparées par leur classe, sans que jamais leurs yeux ne se croisent.

« Vous voulez en racheter une autre ? La même ?

– Oui. Ce n'est pas pour moi. C'est pour ma sœur, qui la veut aussi. C'est ma sœur jumelle. »

Cette improvisation grotesque provoqua chez Nelly un rire niais qu'elle voulut dissimuler d'une main. Malheureusement il n'existait pas de façon de contenir un son, ni même de l'assourdir, à moins de vivre sous l'eau.

« Je vois qu'il y en a une sur le mur mais elle est trop grande. J'aurais besoin de la même taille, une 4.

– Laissez-moi vérifier dans l'arrière-boutique. »

La vendeuse disparut dans son tailleur Versace en repassant du côté de chez Chanel, où l'arrière-boutique devait se trouver. Nelly se rassit et attendit, et attendit encore. Sa mère et l'attente, sa mère assise dans une contemplation éternelle de sa télévision comme une porte fermée au monde. Après avoir attendu quinze minutes elle sut qu'il y avait un problème. De ne pas savoir quel était ce problème était pire que le problème, car l'ignorance ouvrait sur la vastitude des impondérables et ratissait trop large dans la catastrophe. Et si sa taille n'était pas disponible ? Et si sa taille n'existait plus dans cette ligne de vêtements ? Et si elle, Nelly, n'était plus de taille 4, mais d'une taille aberrante qui n'existait pas ? C'était impossible, mais l'impossible pouvait arriver, cela s'était déjà vu. L'impossible se produisait à l'instant même dans sa vie, comme il s'était déjà produit avant.

L'impossible arrivait avec la folie, car la folie permettait à toute chose d'arriver. Dans cet univers sans limites, on pouvait vivre sans vivre et mourir à chaque seconde, tous les jours, on pouvait mourir à jamais. La folie était l'expérience de l'éternité.

Elle pensa à Caroline, couchée sur son divan, le corps exposé de tout son long, les orteils pointés au bout des jambes interminables, couronnés d'ongles vernis rouges. Une manière d'arrogance, de certitude quant à l'obéissance des autres, qui allait pour ainsi dire de soi, une Majesté posée, comme un chat de race, sur son coussin.

« C'est cosmique », lui dit un jour Caroline en parlant de la malchance chronique, tenace, de Nelly, alors qu'elles buvaient une bouteille de vin blanc, sur une terrasse au cœur de l'été, qu'elles agrémentaient de crème de cassis.

« Les planètes ne sont pas bien alignées. Un jour une planète se déplacera peut-être de son axe pour laisser passer un rayon de soleil dans ta vie. Ce sont les planètes qui empêchent la lumière de t'éclairer. Tu es née sous un mauvais signe qui t'oblige à vivre dans l'ombre des autres, en périphérie. »

Nelly était Poissons, au moindre mouvement elle fuyait derrière les algues de la vie et y vivotait, survivait par camouflage. Elle s'était souvent demandé si Caroline croyait vraiment en ces choses-là, si elle portait en elle la conviction profonde des planètes comme influence, de la détermination du cosmos sur les hommes, du destin tracé à l'avance dans les étoiles ensuite consultables. Caroline consultait de temps à autre une voyante, que Nelly avait rencontrée aussi à plusieurs reprises, d'abord par curiosité et ensuite par dépendance. La voyante mettait au jour beaucoup de choses étonnantes car ces choses habitaient seulement dans les esprits. Elle lui avait, une fois, décrit une relation qu'elle entretenait avec un homme, d'une manière si exacte que Nelly elle-même avec son vocabulaire, avec sa capacité à disserter, avec son talent d'analyse, n'aurait pu en parler aussi bien. Cette description allait loin dans certains détails connus d'elle seule : « Tu l'appelles le Colonel. » Nelly l'appelait en effet le Colonel, en silence. La consécration en Colonel de son homme était un secret bien gardé, même pour le Colonel.

« Ensemble, vous êtes l'éléphant et la souris. »

C'était vrai, personne ne pouvait s'élever au-dessus du Colonel, à moins d'être le Soleil. Une planète, une étoile, un feu perpétuel éclairant tous les recoins de toutes les périphéries. L'homme debout s'imposa chez Holt Renfrew, dans l'esprit de Nelly, encore une fois, mais cette fois-ci il le fit en héritier du Colonel. Le problème de Nelly était sa nature écrasable qui appelait les coups, lesquels venaient toujours d'en haut.

Les coups étaient descendus sur elle depuis en haut et depuis toujours : le Colonel, Caroline (bien qu'allongée), l'homme debout. Et il y avait eu leurs prédécesseurs qui peut-être remontaient à des vies antérieures. Jusqu'à ce jour sa vie avait été neutralisée par une succession d'existences sur pilotis qui avaient repoussé la sienne sous l'eau.

N'empêche, la voyante visait souvent juste avec peu de mots. Sa voyance était économe, percutante. Elle disait en deux mots ce que son psychanalyste, une autre femme âgée, sorcière d'un autre genre (du temps où elle la voyait), avait mis des années à formuler, et encore. Il était impossible de tomber parmi tous les mots disponibles sur celui de Colonel, mais c'était arrivé. Puis elle avait cessé de consulter la voyante après que celle-ci lui eut affirmé qu'un jour son système de pensée s'écroulerait en entier, qu'il ne lui serait plus possible de fonctionner avec ses cases anciennes, ses catégories chéries et exploitées dans ses livres, que tous les sujets d'écriture qui l'inspiraient ne l'inspireraient plus. Qu'un monde insoupçonné émergerait avec de nouvelles cases et de nouvelles catégories, une nouvelle façon de voir, de se déplacer dans l'espace. Une vie neuve. Cette vision déplut beaucoup à Nelly car ces mots-là ressemblaient trop à ceux de sa psychanalyste. C'étaient les mots de l'expertise médicale, une tape dans le dos de son être malade. Les mots de vendeurs d'espoir.

Nelly envisagea, dans son attente, la possibilité de retourner chez la voyante. Qu'avait-elle à perdre ? Un peu d'argent, un peu de temps. Ce n'était rien en comparaison de ce qu'elle pouvait obtenir en magie, en miracle. La voyante ressemblait à une sorcière, avec sa longue crinière de cheveux gris acier qu'elle laissait libre, comme une masse de laine grincheuse. Quand elle parlait son visage se crispait sous l'effort, et il n'était pas rare qu'elle produise des sons rauques, ou encore suraigus, comme si elle était traversée par des morts en manque d'une bouche pour parler. Ses yeux se fermaient alors si fort que son visage se creusait de rides. Parfois ses yeux restaient ouverts et devenaient blancs à force de se retrousser vers le lointain, à force de vouloir toucher le Ciel qui enveloppait Dieu, à force de vouloir lire dans les pensées de Dieu qui savait tout de l'avenir de ses clientes. Ses yeux étaient des yeux blancs comme une possession, la voyante qui voyait l'invisible devenait un conduit entre Nelly et les forces obscures qui gouvernaient sa vie, son secret, son cœur, sa raison d'être en ce monde. Étant un conduit sur les ténèbres, elle devenait effrayante et sa parole en était d'autant plus crédible. La voyance ne pouvait que provoquer l'effroi, car voir l'avenir était une transgression impardonnable en regard de l'humilité des hommes exigée par Dieu. Dieu n'aimait pas qu'on lui vole un savoir qui le rendait Dieu.

Après une attente de trente minutes la vendeuse revint avec la robe dans les mains, et avec son sourire poli, un peu forcé. Entre les deux femmes le jeu des non-regards recommença.

« Il n'y avait plus votre taille dans l'arrière-boutique, mais j'ai fini par en trouver une sur un mannequin qui était dans une vitrine au premier étage. Vous avez de la chance. Vous ou votre sœur jumelle. »

À la vision de la robe, en tous points semblable à celle que Mélanie avait emportée, Nelly fut, pour la deuxième fois ce jour-là, soulagée. Son corps revint à lui, il se réveilla de son engourdissement, sortit de l'indéfinissable. C'était terminé et elle en était contente, bien que déçue, tout de même, que la robe ne fût pas vierge. Un mannequin l'avait portée, mais les mannequins n'avaient pas les moyens physiques de déformer les vêtements qu'ils portaient. Nelly comprit pourquoi le corps des mannequins était si menu, pour ne pas imprimer une forme particulière aux vêtements destinés à la vente.

«Merci beaucoup. Vraiment.»

Nelly vit pendre l'étiquette de la robe et l'examina. Le prix de la robe correspondait au prix de l'autre. C'était bien la bonne robe.

Pour la dernière fois ce jour-là chez Holt Renfrew, Nelly s'humilia en se voyant obligée, sous le regard agacé de la vendeuse, de payer une partie de la robe sur sa carte bancaire, une autre sur sa Visa, puis une dernière sur sa carte HBC.

«Ferez-vous d'autres émissions de télévision?»

Nelly ne répondit pas. La question arrogante venait d'une vendeuse qui avait perdu sa fonction de vendeuse.

Maintenant il lui fallait recommencer à se nourrir, à courir, à écrire.

# La commission

Autour de la table siégeaient Mélanie, Diane, Caroline, Guillaume et Daniel.

Diane, la plus bouleversée des amis de Nelly, et de fait la moins efficace, essuyait par moments le coin humide de son œil du revers d'une main et tenait de l'autre celle de Nelly. Nelly n'appréciait pas ce contact humain mais l'acceptait en souvenir de comportements passés comme faire la bise et dire *ça fait un bail, comment vas-tu*, elle le tolérait en mémoire de l'autre Nelly, celle de l'ancien monde, d'avant l'Apocalypse. Celui où elle était encore capable d'avoir honte.

Nelly faisait aussi partie de la commission, mais seulement en tant que sujet de la commission. Elle ne faisait pas d'efforts pour parler ou pour comprendre. Elle vivait désormais dans un monde fantastique, rempli de menaces, à peine partageable, impossible à formuler à moins de consentir à l'insensé, à moins de parler un autre langage, codé, fait de sous-entendus.

Le bruit des voitures et les éclats de voix qui lui parvenaient de l'extérieur de son appartement se situaient au même niveau que les paroles de ses amis réunis en commission autour d'elle. Un crissement de pneu, le hoquet de Diane, une porte de voiture qui claque, le discours posé de Daniel. Un klaxon, un raclement de gorge, les mots tranchants de Caroline : « Nelly va toujours mal ! Elle nous bouffe ! Pas que ça à faire, se laisser ronger par elle ! » Puis, au même moment, le ronflement d'un camion qui s'arrête, dehors, et qui s'associe aux mots de Caroline pour lui dire quelque chose. Le camion transporte de la bouffe, ou plutôt Nelly va mourir tuée sous ses roues pour ensuite être bouffée, rongée par des rats. Au moment d'être dévorée son âme quittera son corps, se tiendra à quelques pieds en hauteur du corps rongé sans pouvoir monter plus haut, et devra camper pour toujours dans cette scène de la mauvaise mort, une mort dont l'heure n'avait pas sonné, errer sans fin dans son impossible libération, à trois pieds du sol. Nelly qui contemplait le piège de mourir avant l'heure lâcha la main de Diane, qui en eut un petit sanglot.

Rassembler ses idées exigeait beaucoup de temps, cela revenait à chercher les pièces d'un puzzle mouvant. Parfois des paysages apparaissaient avec des personnages, ses rêveries diurnes étaient très nombreuses, comme celle où elle s'imaginait chanteuse pop devant une foule captive de sa voix ou bien remportant, sous les acclamations du milieu, celui des grands esprits, le prix Médicis. Tout cela était réel, comme si Nelly pouvait voir ce qui se passait à l'autre bout du monde. À travers la distance, des réalités se présentaient comme des avertissements. On la tenait au courant de choses importantes et dangereuses pour elle mais aussi pour l'ensemble du monde. L'un des paysages qui s'imposait le plus souvent était cette vision, ahurissante de netteté, où des femmes voilées de longues burqa bleues comme le ciel bas et omniprésent des déserts américains, tranchant sur la couleur dorée, orangée, de la terre, conduisaient à grande vitesse, bien au-delà de la limite légale, des motos Harley Davidson, sur une autoroute traversant un espace désertique à perte de vue, semblable au Nebraska. Leurs motos roulaient aux États-Unis, cela était sûr, car ici et là des drapeaux claquaient au vent, accrochés au bout de mâts pareils à des bornes qui indiquaient la direction à suivre. Dans ce paysage jamais Nelly ne voyait les femmes voilées démarrer leurs engins ou les arrêter, les femmes voilées étaient simplement posées là, sur l'autoroute, comme si elles y avaient toujours été, au sommet de leur course, en route depuis des temps immémoriaux, opérant parfois des virages serrés où les motos penchaient comme des bateaux à voiles frappés par une bourrasque de vent pour se redresser avec adresse, et pencher à nouveau de l'autre côté pour opérer un autre virage serré, et ainsi de suite. Elles étaient toujours au nombre de quatre, en file l'une derrière l'autre ou bien deux par deux, en carré. Elles roulaient à la manière de nageuses synchronisées, propulsées par une chorégraphie méticuleuse où même leurs voiles se mouvaient à travers l'espace dans une symétrie de miroir. Quatre motos enflammées de larges voiles bleus. Elles formaient un clan. Un *motorcycle club* révolutionnaire, peut-être terroriste. Leur clandestinité allait bientôt éclater au grand jour. C'étaient les quatre chevaliers de l'Apocalypse conduisant leurs motos dans un but de destruction des hommes, et de toute vie. Quatre femmes dont le recouvrement bleu, furieux, était travaillé par le vent et la vitesse, masse de tissu qui formait un halo spectral enveloppant les motos, comme du feu, alors qu'elles roulaient encore, et encore, sur cette autoroute qui traversait un désert, qui menait peut-être à la destination finale, celle de l'explosion, de l'anéantissement de la vie sur Terre. Car la Terre était devenue infidèle. Une chienne? Des informations tirées de bulletins concernant des regroupements terroristes sur le point d'attaquer se superposaient au paysage. Parfois Nelly les voyait rouler la nuit, alors il n'y avait plus que le bruit des moteurs qui s'entendait, alors ne se voyaient plus que les taches bleues incandescentes, phosphorescentes, des auréoles gazeuses qui crevaient la noirceur opaque de la nuit, parfois éclairée par une lune rasant le sol, incontournable comme le ventre engrossé d'une femme. Mais ces paysages et personnages énigmatiques se défaisaient très vite pour se recoudre autrement, de façon toujours aussi énigmatique.

« Il faut se donner chacun un jour de visite, dit Mélanie sur un ton sans appel. Moi je peux venir deux fois par semaine, les samedis et dimanches. »

Mélanie était la plus âgée de la commission, elle avait aussi une âme de mère, qui cuisinait, faisait du ménage chez Nelly, et la réconfortait par ses mots. Quand elle vit que Nelly s'était acheté une autre robe, une robe de ce prix-là, un prix qu'elle ne pouvait pas se permettre de payer (ayant accumulé des dettes au point de risquer de se faire rappeler son hypothèque par la banque), quand elle vit qu'elle avait acheté une autre robe sans même avoir tenté de récupérer celle qu'elle possédait déjà, elle comprit que Nelly était en train de glisser comme elle l'avait déjà fait plusieurs années auparavant. Les béquilles qu'elle avait alors prêtées à Nelly, après qu'elle se fut cassé une cheville en tombant du plafond, scintillèrent au fond de la penderie où elle les avait rangées (et où elle avait aussi pendu la robe), comme le signe avant-coureur d'un grand malheur.

Elle avait ensuite créé la commission en convoquant un à un ses amis pour les inciter à s'engager à former une surveillance avec des tours de quart. Un cordon sanitaire autour de Nelly pour lui éviter les traitements humiliants de l'hospitalisation mais aussi empêcher que son énergie vitale ne se disperse au-delà d'un certain périmètre. Pour que, sous l'oppression de pensées obsédantes, ne survienne pas l'irréparable.

Au début Nelly obtint la promesse que sa mère ne serait pas impliquée dans ce nouvel épisode, mais Mélanie, au nom du droit des mères d'être informées des blessures de leurs enfants, ne la tint pas. Elle rendit visite à la mère dans les Cantons de l'Est où elle vivait, une maison spacieuse, d'une propreté à manger à même le sol – d'ailleurs entièrement couvert de prélart et de tapis –, une propreté de femme seule au foyer, pour qui le foyer constitue un organe du corps comme la prunelle des yeux ou la peau des fesses. Elle trouva la mère extraordinairement vieillie en trois ans. La dernière fois qu'elle l'avait vue, c'était dans le cadre d'une hospitalisation de Nelly au cours de laquelle Mélanie avait déjà trouvé la mère vieille pour son âge. Cette vieillesse prématurée n'était due ni à l'alcool ni à l'abus d'aucun autre plaisir des sens. La vieillesse de la mère était celle des meubles abandonnés sous les draps blancs que la poussière et les toiles d'araignée recouvrent tranquillement, chaque jour, dans l'obscurité d'une maison abandonnée, livrée aux profondeurs d'une forêt. Elle n'était pas de l'ordre d'une peau ridée ou fanée mais de celle du regard et du corps prostrés dans une immobilité exaspérante. Regarder la mère demandait des efforts parce qu'il n'y avait pas d'expressions faciales ou de mouvements auxquels s'accrocher. Sa vieillesse venait de la souffrance souterraine des espoirs entretenus au-delà des espoirs permis. Souffrir consistait à espérer éternellement ce qu'on devait oublier. Souffrir était un défaut de la volonté où s'épanouissait le cancer des renoncements impossibles. Trois ans plus tard, son grand âge – elle n'avait pourtant que cinquante-six ans – n'avait pas ralenti sa course, il recouvrait la mère comme une marée lancée au galop sur des étendues de sable à perte de vue.

La mère, qui ne reconnut pas Mélanie, la laissa longtemps sur le seuil de la porte, le temps que Mélanie explique la raison de sa présence. Mélanie chercha le nom de naissance de Nelly, qui avait pris un nom de plume. Elle ne parvint pas à s'en souvenir et décida d'appeler Nelly *votre fille*.

« Votre fille ne va pas bien depuis un certain temps et je cherche un moyen de l'aider sans l'hospitaliser. Pour l'instant elle ne prend aucun médicament. »

Alors la mère fit entrer Mélanie comme elle aurait fait entrer un représentant en balayeuses ou un témoin de Jéhovah. Elle le fit par résignation, par économie des efforts à fournir qui étaient moindres dans la tolérance d'une présence qui s'imposait que dans le combat pour repousser au-dehors cette même présence. Pendant le temps de leur discussion une télévision à écran géant, que la mère pouvait faire pivoter de gauche à droite selon qu'elle était assise sur le divan du salon ou à la table de cuisine, diffusait les images d'une émission populaire à ligne ouverte : *Doit-on utiliser la pornographie infantile comme outil thérapeutique auprès d'enfants sexuellement abusés ?*

C'était la question du jour posée à l'ensemble de la population, à qui l'on demandait d'apporter commentaires et témoignages en composant le numéro au bas de l'écran. Des sexologues invités se prononçaient en deux clans séparés, les Oui et les Non. Les Oui parlaient de prise de conscience, par les images sexuelles d'autres enfants, des enfants abusés devenus malgré eux sexuellement allumés (combattre le feu par le feu, disaient-ils), et les Non, de l'indécence d'exploiter le matériel d'abuseurs pour soigner des abusés. Les Oui, de cas de résultats concluants, et les Non, de piètres résultats, voire d'aggravation des cas. L'éthique qui s'opposait à la froideur de l'expérimentation n'y pouvait rien. L'éthique était inapplicable dans le domaine scientifique. Le domaine scientifique était un domaine où l'homme disparaissait derrière sa vérité matérielle, sa chair animale.

À un moment un sexologue déclara que les sexologues qui insistaient sur leur droit à l'utilisation de matériel pornographique pour soigner des enfants abusés révélaient la présence d'un pédophile en eux.

Le débat éclata alors dans une succession d'accusations et d'indignations et la science prit le large. L'animateur s'échauffa car en délaissant les conclusions d'études on parlait des vraies choses.

Malgré l'omniprésence de la télévision dont la mère ne jugea pas utile de baisser le volume, Mélanie raconta du mieux qu'elle le put les derniers mois de Nelly : l'émission connue de tous, la robe et son décolleté, l'achat d'une nouvelle robe et son amaigrissement, la lente désagrégation de son attention aux autres, son autophagie, ses absences, son inaccessibilité. Nelly était un cercueil qui se refermait lentement.

« Votre fille est *partie*. »

Mélanie fit un geste flou vers sa tête. Le corps et l'âme de la mère voulaient l'écouter car elle avait encore des fibres maternelles, mais un mouvement involontaire la portait vers la télévision où les sexologues continuaient à s'injurier. La télévision où sa fille était déjà apparue à plusieurs reprises et où elle avait cessé d'apparaître. Oui, la mère souffrait encore pour sa fille mais elle était désormais indisponible. Les hôpitaux, elle ne supportait plus. Le délire, les états médicamenteux non plus. La mère avait déjà tant donné. Elle s'était tant donnée que par donation trop généreuse elle avait failli y rester. Mieux valait, cette fois-ci du moins, se tenir à l'écart pour le bien de sa fille qui, aussi loin qu'elle était allée dans ses lubies, ses visions, ses mondes fulgurants de terreur et de promesses de fin proche, avait toujours eu conscience du regard de la mère sur elle et ce regard avait toujours été pour sa fille, ainsi que pour elle-même, un surcroît de souffrance. Voir *cela* et être vue dans *cela* réunissait mère et fille dans un même drame, une même condamnation à hurler par deux bouches ouvertes l'une sur l'autre, elles devenaient un monstre à deux têtes. Deux têtes impuissantes à se soutenir réciproquement par manque de distance et absence de tonus, par encouragement mutuel à l'anéantissement. Une condamnation à pousser un cri unique produit par deux âmes face à face dans un baiser mortel et éternel. Une mort à perpétuité.

Sa fille était pourtant promise à un bel avenir. Elle avait eu tous les talents, piano, patin, flûte traversière, dessin, claquettes, elle avait été éduquée dans des principes religieux. À la messe sa fille se tenait tranquille, au pire elle balançait les jambes dans le vide qui frappaient de temps en temps, *boum-boum*, le dossier du banc en bois devant elle. Mais tous les enfants faisaient cela et même pire, certains couraient dans les allées et d'autres rampaient sous les bancs.

C'était à n'y rien comprendre car sa fille était sage et propre, impeccable, c'était quotidiennement qu'elle s'endimanchait. Jusqu'à l'adolescence, où les vrais problèmes avaient commencé. Enfant sa fille pleurait mais les enfants pleurent. Adultes les enfants cessent de pleurer mais pas sa fille.

À quatorze ans elle s'était enfermée pour de bon dans sa chambre, des écouteurs sur les oreilles, où elle s'était construit un abri qui était une bulle increvable et métallique de sons de guitare électrique. Car sa fille avait passé son adolescence à écouter de la musique rock et à porter ces T-shirts sanglants, bien trop larges pour elle, du règne de Satan. De croqueurs de chauve-souris et de profanateurs de cadavres. Et tous ces posters sur les murs de sa chambre qui donnaient froid dans le dos, qui formaient un fatras de cheveux longs, un concert de queues moulées, des *agrès*. Des énergumènes. Des hommes au buste poilu qui grimaçaient dans des collants extravagants, écœurants de couleurs et de motifs de zèbre ou de léopard gonflés par leur queue à moitié bandée, parée à l'attaque.

Pendant que sa fille écoutait du rock elle imaginait des scènes dont elle n'avait jamais révélé le contenu mais dont on pouvait déjà sentir qu'elles étaient grosses de gloire et de grandeur. Le rock lui avait mis des idées dans la tête et elle en était restée prisonnière. Dans le rock sa fille réussissait l'inimaginable en l'imaginant. L'inimaginable consistait à se mettre à la place de Dieu et la place de Dieu n'était pas dehors, dans le monde, mais dans les cœurs et les esprits. Pour être Dieu sa fille avait dû vivre dans les espaces illimités et elliptiques de son esprit et rester aveugle aux contraintes du monde extérieur, à sa part de chaos qui est sa dimension démoniaque, obsession des scientifiques.

C'est pourtant bien au monde que la mère mit sa fille en 1975. Enfant, elle était à croquer. Elle avait été choyée et dorlotée. Alors pourquoi ? Souvent sa fille, une fois adulte, invoquait sa laideur comme cause de sa douleur insurmontable, mais sa fille n'était pas une mocheté après tout. Elle *regardait bien*. C'est vrai qu'elle s'était enlaidie à l'adolescence, qu'elle avait eu le corps ingrat et une vilaine peau, une peau à problèmes qui variait des rougeurs à la luisance, c'est vrai que son nez trop gros était (imaginez-vous donc) le nez de

140

son grand-père, que la mère n'avait donc été au niveau du nez qu'une passerelle entre sa fille et son propre père et que ce nez transgénérationnel déformait la petitesse de son visage. C'est vrai qu'adulte elle n'était pas devenue belle au sens propre mais elle n'était pas devenue moche non plus. Bien d'autres femmes *regardaient moins bien* que sa fille et elles n'en tombaient pas malades, certaines arrivaient à enfanter et même à se trouver un mari.

Entre vingt et trente ans sa fille avait subi des chirurgies esthétiques, elle était allée chercher plastiquement les canons de beauté qui se jetaient sur les gueules à tous les coins de rue. La mère n'était pas en désaccord. Quand sa fille était arrivée à la maison il y avait de cela une décennie, une veille de Noël, avec son nouveau nez, mine de rien, sans l'avoir annoncé, la mère avait compris. Elle avait moins bien compris les seins, parce qu'ils étaient déjà moyens. Mais la médiocrité était intolérable pour qui se prenait pour Dieu. Pour le reste, s'il y avait un reste, la mère n'était pas au courant.

Puis à l'aube de ses trente ans sa fille était devenue folle. Sous couvert de dépression elle avait voulu s'achever bien des fois. Par maladresse elle avait toujours survécu. Depuis quelques années la mère avait dû conclure que les chirurgies n'avaient pas rassasié sa fille et qu'elle était donc fondamentalement insatiable de ce qu'elle n'était pas. Elle avait dû conclure que son rôle de mère ne cesserait jamais alors que ce rôle aurait dû devenir celui d'une grand-mère. La conclusion était qu'il n'y aurait pas de flambeau à passer et que c'était mieux ainsi. Le nez de son père n'irait plus jamais se plaquer sur le visage d'un nouveau-né.

L'amoncellement de particularités inscrites en elle finirait avec sa fille par peur de reproduire le goût de la mort.

La mère avait aimé sa fille qui avait aussi été aimée par son père. La mère avait toujours été là pour elle. Alors quoi ? Sa fille n'avait jamais été battue ni abusée comme décrit à la télévision. Son père avait eu des torts envers la mère, ça oui, mais pas envers sa fille. Si c'était le cas, ce n'était pas à elle de le dire.

# La voyante

Les voitures empiétaient les unes sur les autres comme une double rangée de dents dans la gueule ouverte du trafic. L'heure de pointe était une éternelle prolongation dans le match de la destination. Sur le chemin du retour Nelly fut une fois de plus coincée dans un bouchon, mais le bouchon ne l'incommoda pas. Le bouchon allait de soi dans le monde biscornu, bâtardisé par le Créateur impropre qui l'avait livré au naufrage, un monde sur lequel Il s'était échoué comme la masse géante d'une baleine, à la fois doigt pointé sur le désastre et accusation déplacée sur ses créatures, pour mieux les tourmenter. Toutes les écornures, toutes les excroissances avaient leur place dans le détail de son relief accidenté, car Nelly avait réintégré les contours francs de son corps. Dans cet esprit elle eût pu marcher sur l'eau si marcher sur l'eau lui eût chanté, car son corps, revenu d'entre les morts, était à nouveau matérialisé par la robe, envisageable, et entier.

Le soleil qui commençait à descendre sur la ville descendait aussi dans le pare-brise de la New Beetle où il fit longtemps briller des feux dorés et cuivrés. Les rayons du soleil léchaient les parois des gratte-ciel du centre-ville entre lesquels ils disparaissaient pour réapparaître ailleurs, un peu plus loin, un peu plus bas. Même pris derrière ces barreaux, le soleil dominait la ville de son scintillement bien vivant et superbe, dansant lascivement sur elle, et la ville appartenait à la nature, entrait dans le grand Ordre de cette dame pour qui rien de carré n'existait mais qui en admettait pourtant la possibilité mathématique. La nature était un libre-penseur, comme tous les êtres conscients et mortels elle rêvait d'absolu et se trahissait elle-même.

Pour se calmer Nelly caressa le satin de sa robe. Puis sur son téléphone cellulaire elle composa le numéro de la voyante et obtint un rendez-vous pour le soir même, à dix-neuf heures tapantes, et comme les procédures habituelles le voulaient elle devait s'y rendre dix minutes avant l'heure. La voix de la voyante, qui reconnut celle de Nelly, lui parla sur un ton entendu. D'avance elle savait tout, l'ordre d'arrivée des demandes et l'identité des demandeurs. La voix dit que le moment de consulter était venu et que son appel tombait à point, que cet appel, elle l'avait prévu depuis deux semaines. C'était la première fois que la voyante voyait des choses avant la rencontre physique, au téléphone, et Nelly eut peur d'avoir été regardée par la voyante lors de l'émission. Puis elle se dit qu'après tout la voyante était une voyante, que voyant au-delà du visible elle n'avait pas besoin de se divertir ni d'apprendre de vive voix les événements de la vie des gens, pour cela elle n'avait qu'à psychiquement se connecter sur leur énergie, qu'à se déplacer vers l'essence qu'ils dégageaient comme des effluves, bons ou mauvais, qui les auréolaient, elle n'avait qu'à se laisser aller, qu'à

144

les renifler à distance, assise et immobile. La télévision ne devait pas faire partie de sa vie. Ses soirées devaient plutôt être tournées vers les voyages astraux et la lévitation, peut-être le vaudou et la communication avec les morts. Pour se dégourdir les jambes, elle devait les irriguer par persuasion mentale, par exorcisme. Non, la voyante n'avait pas besoin d'entendre le monde de la bouche du monde pour le connaître. Dans l'œil de la voyante l'au-delà crevait la surface du trivial chaque jour, en tout temps. Avait-elle des amants ? Nelly en doutait. Coucher avec des hommes dont on pouvait lire la pensée ne devait pas être commode. Se laisser traverser par le plaisir sexuel alors que l'heure de la mort de celui qui le génère est connue, localisée, devait être par trop troublant.

Nelly trouva un paquet de cigarettes dans la boîte à gants et fuma en ouvrant grand la vitre à côté d'elle. La nicotine l'étourdit et elle se souvint qu'elle devait manger. Elle se réchauffa au feu accueillant de la voyante qui savait d'avance et qui allait lui dévoiler son savoir. Il lui sembla que, plus que jamais, son avenir serait transparent et lisible, puisqu'il avait traversé les distances au téléphone, une première.

La musique rock syntonisée sur CHOM FM qui emplissait l'intérieur de la voiture réactiva ses rêveries d'adolescente, quand elle était capable de tout. Elle n'y pouvait rien car l'équation entre la musique et la surhumanité était un automatisme impossible à déprogrammer au même titre que celui des chiens de Pavlov avec leur clochette. Les rêveries ne servaient pas à produire l'action mais à créer une zone de confort dans l'inaction, cela elle l'avait compris depuis longtemps, mais comprendre ne poussait pas à l'action non plus. L'unique pensée qui enclenchait le corps dans le mouvement était celle du danger à l'horizon, et encore, elle pouvait au contraire se figer comme un lièvre au milieu de la route qui regarde foncer sur lui une voiture.

Un jour, au cours de sa période de prostitution, il y avait de cela une dizaine d'années, elle avait eu la peur bleue de sa vie. Elle avait fait entrer dans l'appartement minuscule un client qui avait tout de suite demandé où se trouvait la salle de bains. Nelly l'avait entendu depuis le lit, le jeune client qui s'éternisait dans la salle de bains alors que les clients, s'ils se lavaient, se lavaient après. Le temps qui passait devenait louche à la longue car c'était là du temps qui se calculait en argent, du temps passé sans lui donner le corps auquel il avait droit. Elle entendait couler l'eau du robinet et non celui de la douche. Bientôt elle comprit que le bruit de l'eau ne servait pas à se savonner les mains ou la queue mais à dissimuler une activité inavouable. Tout de suite elle pensa à une injection de drogue. Quoi d'autre ? Que font les clients, dans un lieu à putes, à part se mettre et se droguer ?

Le client se shootait peut-être, si oui c'était à la cocaïne ou à l'un de ses dérivés. Nelly déverrouilla la porte du balcon, l'ouvrit pour laisser entrer la douceur jaune et tiède du grand jour, sortit pour évaluer la distance qui la séparait du balcon le plus proche, celui de l'étage au-dessous. Le studio qui servait à recevoir ses clients était situé au onzième étage d'un immeuble de trente étages. Après quelques hésitations elle rentra pour frapper à la porte de la salle de bains « Une minute » lui dit le jeune client. Elle attendit une minute et frappa à nouveau à la porte. « Encore une minute », lui dit-il encore, une minute plus tard le client sortit comme prévu : le corps affecté, les yeux ouverts, trop ouverts, fous, allumés, collés à Nelly qui jeta un œil dans la salle de bains et qui vit, au fond de la baignoire immaculée, deux gouttelettes de sang, signes d'une intervention sur le corps, d'une ouverture vers le sang et la contamination.

Elle avait eu raison d'avoir peur et le fait d'avoir eu raison augmenta sa peur. La peur s'alimentait de tout, la peur s'alimentait même des plans de contrôle car, en admettant une marge d'erreur, les plans transformaient cette marge en potentiel illimité. Le client qui la regardait, l'air fou, bloquait la porte d'entrée. Nelly sortit à nouveau sur le balcon et referma la porte sur elle. Elle ne prit pas le temps d'enlever ses talons hauts, enjamba la balustrade, se maintint à califourchon, ses deux genoux traversant les barreaux de fer espacés, les mains tenant ferme ces barreaux jusqu'au moment où elle entendit s'ouvrir la porte menant au balcon par laquelle le client sortit. « Eh, où vas-tu, je ne suis pas dangereux, ne te sauve pas », alors d'un élan irréfléchi elle se projeta sur le balcon au-dessous. Par manque de force de propulsion, elle n'y parvint pas. Seules ses jambes franchirent la balustrade du balcon du dessous tandis que le haut de son corps se renversait vers l'arrière qui était aussi un vide de dix étages. Par réflexe elle les replia d'un coup sec. Elle ne chuta pas grâce à ses mollets rabattus comme un cran d'arrêt

147

sur la balustrade du balcon mais tout de même, cette position de chauve-souris au fond d'une grotte n'était pas heureuse. Nelly, qui avait fermé les yeux d'épouvante, pensa que le moment était mal choisi pour perdre conscience et se concentra pour repousser cette possibilité. Elle ouvrit les yeux. De son point de vue elle vit l'image renversée de l'espace bleu du ciel traversé par deux hirondelles. Elle se redressa pour empoigner les barreaux, regarda vers le haut et vit le visage extasié et souriant du client qui la regardait depuis le balcon au-dessus, le sien. Elle vit que le tour que prenaient les choses l'amusait comme un gamin et la peur de Nelly augmenta encore d'un cran. Jamais elle ne s'était trouvée dans une situation d'aussi grande vulnérabilité, des scènes de films où des héros agrippés ne tenaient que par le bout des doigts plongèrent sur elle. Le client commença à enjamber la balustrade de la même façon qu'elle venait de le faire. Nelly tenta d'escalader de ses mains les barreaux mais ne put se redresser en entier. Pour cela elle aurait dû désengager ses jambes, se lever et enjamber la balustrade vers le balcon. Elle n'en eut pas l'occasion car l'atterrissage du client shooté mais habile sur le balcon la posa dans un coin, faite comme un rat. Il tomba accroupi et se redressa vers elle comme l'avènement de la mort. Il lui tendit une main.

« Allez, monte, n'aie pas peur. Je ne te ferai pas de mal. »

La main contaminée, qui sait, infectieuse, était toujours tendue vers elle, et le regard de Nelly ne put s'empêcher de remonter le long du bras du client pour y chercher les cicatrices laissées par les injections. Il y en avait beaucoup, et fraîches en plus. Se raisonnant, elle se dit que les virus ne traversaient pas les paumes à moins de les ouvrir jusqu'au sang. Elle lui tendit donc sa main droite et le client la tira vers lui d'un geste vigoureux. Au moment où elle allait s'asseoir sur la balustrade, au moment où elle allait être sortie d'affaire, il relâcha sa main.

Nelly replongea vers à l'arrière en poussant un cri. Une fois dans sa position de chauve-souris, elle ne bougea plus, referma les yeux et s'en remit à Dieu. La peur avait cessé de fonctionner pour elle dans le sens de l'action, la peur n'était plus qu'énergie abandonnée au destin.

# LE SPEED DATING

*En 2007 paraissait au Seuil un ouvrage collectif intitulé* Nouvelles Mythologies, *sous la direction de Jérôme Garcin, se proposant d'explorer « le bazar des années 2000 » avec une lointaine référence : les* Mythologies *de Roland Barthes, parues cinquante ans plus tôt. Invitée à apporter sa contribution, Nelly choisit un thème qui ne pouvait que lui convenir : le speed dating.*

Le *speed dating* est une façon très courue d'aborder l'autre sexe «en gros». C'est un dispositif de rencontres à grande surface. Une foire, en somme, où l'on circule dans le but avoué de trouver chaussure à son pied. L'aveu rejette à l'extérieur du cadre ce voluptueux flottement entre deux étrangers que permet l'ambiguïté, pourtant essentielle aux jeux de la séduction, et bientôt le vertige de la nouvelle rencontre est remplacé par un sentiment de déjà-vu. Ces rencontres, structurées par une routine qui leur préexiste, deviennent une pratique, un Bingo.

Nulle réelle conquête dans ces enclos où les «éléments» du couple se mettent en place d'eux-mêmes. Car de nos jours conquérir a quelque chose de trop laborieux. Il faut être tout de suite au parfum. On est à l'heure de l'économie de soi, dans «l'interpersonnel». Pour cette raison, le *speed dating* intéresse surtout les professionnels à l'agenda chargé, habitués aux plages horaires et aux dates limites, pour lesquels la première impression, tel un costume plaqué sur l'autre, veut tout dire.

«Cette fois-ci c'est bien», confie un homme lors d'une soirée, dans un bar branché à l'ambiance décontractée, à mi-chemin entre *Ally McBeal* et *Sex and the City*.

« La dernière fois, toutes les filles étaient moches. »

Il est désormais possible de séparer rondement le bon grain de l'ivraie, le baisable de l'inutilisable. Car le *speed dating* connaît les besoins de ses clients et leur permet de ne pas perdre ce qu'ils ont de plus précieux : leur temps.

Dans un endroit choisi, souvent un bar ou une salle d'hôtel, on rassemble un nombre équivalent d'hommes et de femmes ensuite groupés par tranches d'âge. À l'intérieur de chaque groupe s'enclenche une rotation de face-à-face où les femmes sont assises à une table, et où ce sont les hommes, par galanterie, qui s'assoient devant elles pour se rediriger, au son d'une clochette, vers une autre femme, assise à une autre table.

Les tête-à-tête, d'une durée de cinq à dix minutes, comportent deux règles : ne pas échanger de coordonnées et ne pas signifier à l'autre si l'on souhaite, ou non, le revoir. En passant en revue la matière baisable, il convient de ne pas heurter les sensibilités. C'est donc aux organisateurs que revient la tâche d'accoupler ceux qui se sont, de part et d'autre, choisis, par le biais d'une inscription de numéros sur la « fiche de sélection ». Peu de succès, beaucoup de ratés, et encore plus d'échecs une fois dehors, dans la jungle qui ne se soumet à aucune méthode et où la réalité, qui arrive comme un accident, ne manque pas de faire chuter les couples fraîchement formés. Peu importe. Dans ce monde où ses concepteurs, qui se proclament « faciliteurs d'amour », travaillent pour vous, l'absence de réciprocité demeure une information confidentielle.

C'est justement dans l'évitement des vexations individuelles que l'expérience du *speed dating* – qui devrait pourtant être angoissante, et d'une rudesse inouïe, mais qui ne l'est apparemment pas (du moins pour ses adeptes) – laisse voir sa véritable fonction, son but inavouable. Au-delà du décor qu'il campe, le *speed dating* permet d'évacuer le dépit d'être rejeté par ceux que l'on choisit, en faisant disparaître ce rejet dans la médiation qu'impose le procédé. Plus que d'offrir le spectacle d'individus étalés comme une gamme de choix, un échantillonnage, plus qu'un mode d'évaluation rapide où l'autre devant soi est systématiquement scanné, le *speed dating* est une machine qui digère dans l'ombre, à la place des participants, la succession des rejets dont ils sont l'objet.

Nulle perte quand on perd dans un cadre qui fait de l'échec le lot commun. « Speed dater », c'est faire un tour de piste en contournant les risques de la conquête de l'autre. L'entreprise n'est jamais personnelle. Ses résultats deviennent l'affaire du groupe, et celle des organisateurs.

Que le lien d'amour ait ses grossistes n'a rien pour étonner. Déjà ils se profilaient derrière les annonces classées, les agences et sites Internet de rencontres. Le *speed dating* en est le dernier cri. Le temps est à la capture de l'autre sous un filet de critères. Dans ce mythe du « rendement amoureux » par l'autopromotion, la réclame et l'accumulation, où les probabilités sont mises à profit, dans ce mythe des sentiments gérables, dans la fabrication des conditions préalables à leur émergence, ce sont ces conditions même qui sont détruites. Car pour séduire l'autre, et le conquérir, il faut savoir se faire attendre là où il ne pense pas nous trouver.

# SE TUER PEUT NUIRE
## À LA SANTÉ

*Dans la vague d'émotion qui entoura le suicide de Nelly Arcan, cette chronique fut abondamment citée ou même reprise* in extenso *par la presse. À l'origine, elle avait été publiée dans l'hebdomadaire* Ici, *aujourd'hui disparu.*

Il y a une quinzaine, on a entendu à Radio-Canada que le pont Jacques-Cartier arrivait au deuxième rang, après le Golden Gate Bridge de San Francisco, du plus grand nombre de suicidés au monde. Tout le monde réagit aux statistiques, surtout quand elles font monter sur le podium. Et puis, arriver au deuxième rang, peu importe le domaine, ça pose des questions, ça veut dire quelque chose, ça particularise, surtout si le premier rang est occupé par des Américains...

C'est suite à cette constatation du nombre effrayant de suicidés par saut en bas du pont Jacques-Cartier qu'a été envisagée la possibilité de poser des barrières «anti-saut», recommandation qui a été faite par le «Groupe de travail sur les suicides depuis le pont Jacques-Cartier», qui a curieusement appelé le rapport *Un pont sécuritaire pour tous*.

«Avec les travaux majeurs de réfection qui se terminent, on vient de rendre plus sécuritaire le pont Jacques-Cartier pour les automobilistes, et l'on peut maintenant le rendre sécuritaire pour tout le monde»: le Dr Richard Lessard, directeur de la Santé publique, a oublié dans ce rapport que ce n'est pas par accident que les gens tombent du pont.

Depuis déjà des années, il existe une autre forme de « barrière » contre le suicide : la censure dans les médias. Dans un document d'information du département de psychologie de l'Université du Québec à Montréal (plus précisément le Centre de recherche et d'intervention sur le suicide et l'euthanasie), on considère dangereuse « l'influence des représentations du suicide dans les médias ».

Dans cette optique, voir est une façon de consentir à ce qui est vu, et montrer une chose, c'est donc lui faire de la pub, c'est tenter le diable.

On a déjà vu la même pudeur, ou mieux, la même phobie, avec la cigarette. On en a d'abord interdit la publicité avant d'interdire toute représentation de fumeurs dans les médias. On a aussi interdit la cigarette de bien d'autres façons, par exemple en la surtaxant et en organisant cette propagande de honte qui a fait du fumeur un être aussi abject que les photos de poumons calcinés et de cerveaux crevés présentement étalées sur les paquets.

Depuis plusieurs années déjà, le fumeur est un malade irresponsable qu'il faut écœurer en lui plongeant le nez dans son dedans organique, dans les conséquences biologiques de son acte, bref, en lui photographiant sa laideur intérieure. Peut-être pourrait-on, et ce n'est qu'une suggestion, faire de même avec les gens tentés par le suicide, en leur montrant, sur de larges panneaux, ce à quoi peut ressembler un corps repêché en bas du pont Jacques-Cartier ?

164

On sait déjà qu'au Québec, comme dans tous les coins occidentalisés du monde, le suicide arrive au premier rang des causes de mortalité chez les jeunes de 15 à 29 ans, et chez les hommes de 15 à 45 ans, devançant le sida, le cancer et les accidents de la route. On sait tout ça, on sait aussi qu'il faut faire quelque chose. Mais aborder un problème en interdisant ce problème, en plaçant le « bonbon » hors de portée, derrière des barrières, est la meilleure façon de ne pas l'aborder.

Les suicidaires empêchés de sauter du pont Jacques-Cartier vont aller sauter ailleurs, c'est tout. En posant ces barrières, on agit comme devant les prostituées et les commerces de babioles érotiques : on leur désigne un quartier, on les repousse seulement un peu plus loin, hors de la vue.

Ce que je tente de dire, c'est que le phénomène du suicide a une complexité, et aussi une gravité, qui méritent l'attention de tout le monde, et des efforts de recherche dans toutes les disciplines. Ce que je tente de dire aussi, c'est que le suicide n'est pas une tumeur, ce n'est pas une tache ou un furoncle, ce n'est pas une vie en moins d'un consommateur ou d'un payeur de taxes, mais un acte, peut-être le plus radical en dehors du meurtre, par lequel l'individu indique qu'il est possible de choisir de mourir.

Si les gens se suicident en grand nombre dans nos sociétés industrialisées, ce n'est sûrement pas parce qu'elles n'ont pas prévu pour eux des barrières, ce n'est pas non plus parce qu'elles auront représenté des suicidés dans les médias...

C'est peut-être parce que (entre mille autres choses)

le maternage de l'État qui organise tout à distance de la réalité quotidienne de ses citoyens va de pair avec la déresponsabilisation de ces mêmes citoyens face à la misère de leurs proches. Il ne faut pas oublier que les barrières les plus solides contre la détresse des gens qui nous sont chers, c'est encore vous et moi.

# Table

RÉALISATION : PAO ÉDITIONS DU SEUIL
IMPRESSION : CPI FIRMIN-DIDOT À MESNIL-SUR-L'ESTRÉE
DÉPÔT LÉGAL : OCTOBRE 2011. N° 102882 (106729)
IMPRIMÉ EN FRANCE